SHANGHAI LITERATURE & ART PUBLISHING GROUP

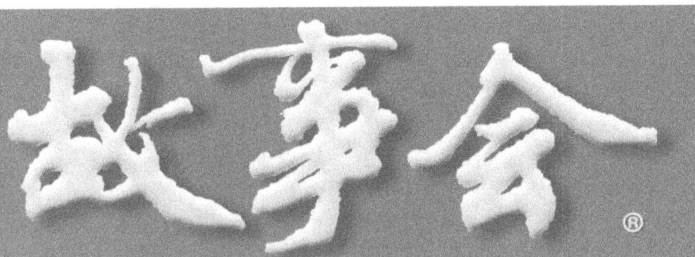

故事会
精品系列

商战故事

I0517149

上海锦绣文章出版社
上海故事会文化传媒有限公司

上海文艺出版（集团）有限公司

图书在版编目（CIP）数据

商战故事 《故事会》编辑部编 － 上海：上海锦绣文章出版社
（故事会精品系列） ISBN 978-7-5452-0789-7

Ⅰ．①商…Ⅱ．①故…Ⅲ．①故事 作品集 中国 当代 Ⅳ．I247.8

中国版本图书馆 CIP 数据核字 (2010) 第 203184 号

丛 书 名：故事会精品系列

书　　名：商战故事

主　　编：何承伟

编　　委：何承伟　　吴　伦　　姚自豪　　夏一鸣

责任编辑：刘迎曦　　鲍　放

装帧设计：王　伟

责任督印：张　凯

出　　　　版：　上海锦绣文章出版社

　　　　　　　　上海故事会文化传媒有限公司

POD 海外发行：　中国图书进出口上海公司

　　　　　　　　电话：021－36357888

　　　　　　　　传真：021－36357896

　　　　　　　　地址：上海市虹口区广中路 88 号

　　　　　　　　邮编：200083

目　　录

君 子 爱 财

君子爱财,取之有道。若争小可,
便失大道。

登州第一商

　　明崇祯年间,登州府有一个商人,名叫金诚多,原本只是个豆腐坊的小作坊主,可他凭着一双慧眼,一副好脑子,从小生意做起,经过几年苦心经营,一跃成为"登州第一商"。

　　那年早秋的一天,金诚多带着儿子金不二外出收账,骑马经过一片地头,见地里的高粱和玉米个头都长得十分粗壮,金不二不由惊叫起来:"爹,我长这么大,从没见过有这么高的玉米和高粱,今年肯定是个丰收年。"

　　金诚多也觉得惊讶:今年的高粱和玉米为何长得这般高大?他唤了儿子一声,随即停步下马,折了一根高粱秆,只见断缝处爬满了白色的小蠕虫。他愣住了,走进高粱地,又折了几根高粱秆,发现里面也尽是这号玩意儿。他心里一惊:这看似旺盛的长势,其实已经遭了虫灾。于是吩咐金不二,回去后赶紧多多买粮。

果然,一场秋雨袭来后,地里那些高大粗壮的高粱玉米秆几乎全都倒伏枯萎了,还没到秋收,粮价已经上涨。

这时,金诚多刚好有事要出一趟远门,临走前,他将金不二叫到跟前,说:"今年这里的歉收已成定局,到时候粮价会一涨再涨,可粮食是养人活命的,所以你千万给我记住,无论如何不能虚抬粮价,有二十分之一的赚头就可以了。"

金不二应道:"爹,您只管放心,孩儿一定按您意思办。"

金诚多选了个良辰吉日,带上伙计就出了门。不料离家刚一个月,就听到李自成起兵的消息,一时间各地刀兵四起,他不敢再往前走,就匆匆返了回来。

可谁想一踏进登州地界,金诚多就发现到处都是饥民,不由大吃一惊。一打听,原来这两个月里登州不但受了虫灾,还遭遇了百年少见的蝗祸,成千上万只蝗虫铺天盖地而来,所到之处寸草不留。金诚多不由庆幸自己早有远见,备下了粮食。

只是,金诚多担心儿子是不是按自己的意思放了粮,于是就一边走一边打听,当得知登州粮价已贵如黄金时,他心中急如火烧,立即马不停蹄,直奔家中。

踏进家门,没见金不二的人影,金诚多正要问,这时候金不二一身酒气地回来了。

金不二看到金诚多,惊喜地大叫道:"爹,您可回来了,听说外面现在乱得很,孩儿正为您担心呢!"

"为我担心?"金诚多冷笑一声,两眼逼视着金不二,问他,"你喝酒去了?为什么不放粮?"

金不二眉飞色舞地说:"爹呀,您真是料事如神哪!今年这里不但粮食减产,还遭了蝗祸,整个登州府只有咱家储粮多,现在可是一粒粮食一粒金啊!孩儿刚才出去喝酒,正是和几家粮商商量,如果再拖它几日放粮,我们就可以狠狠赚上一笔。"

金诚多一听就摇头:"你们这算打的什么主意?我问你,衙门里的人可曾来找过你?"

金不二说:"登州府的尹知府已经找过我两次了,说要以咱们进价两倍的价格买咱家的粮食,可孩儿觉得他开价太低,所以没有答应。"

金诚多一听大惊失色,指着儿子直骂:"你这个孽子,你闯祸啦!"他当即吩咐备马,要去见尹知府。

可谁想金诚多还没出门,仆人就慌慌张张地进来报告:"老爷,尹知府又来了,这次还带了好多兵来!"

金诚多一听,反而冷静下来,整整衣服,就出门迎接。远远地,见尹知府下了轿,他连忙一头跪倒在地:"草民叩见大人!"

尹知府不冷不热道:"哦?金老员外回来了,快快请起。"

金诚多起身作揖道:"草民刚回来,正想去拜见大人。"

尹知府一愣:"金老员外要见本官,不知有何吩咐?"

"不敢!"金诚多说,"草民要见大人,是想把所贮粮食悉数捐出,供大人赈济灾民。"

"哦?"尹知府沉吟着,"本官一时半会恐怕拿不出那么多银两来买啊。"

"大人!"金诚多大声道,"草民这是自愿捐出,分文不收。"

"好!"尹知府一听,不由哈哈笑道,"还是金老员外有远见哪,本官无以回报,就把刚刚写的帖子送给你吧!"说着,他从怀里掏出一纸信封,交到金诚多手中,又传令手下:"立即张贴公告,金老员外愿捐粮赈灾!"

只几天工夫,金诚多就把当初自家储下的那些粮食统统发放了出去。眼见得可以到手的发财机会,就这么白白断送在爹的手里,金不二真是又气又糊涂,他不明白:爹为什么要这么做呢?商人不赚钱,那还要经什么商?

这天夜里,金诚多悄悄来到金不二的房里,对儿子叹道:"儿啊,要是我晚回来几天,你我的脑袋现在恐怕就要搬家啦!"

"此话怎讲?"金不二惊得一骨碌从床上坐起来。

金诚多道:"我一回登州,见粮价如此大涨,就知道你没有放粮。想那些饥民都是贫苦之人,你这时就是再低价卖,他们也买不起,何况你还和奸商串通,一再哄抬粮价。我一路上就听不少饥民在议论,说横竖是个死,不如夜里扮成强盗先把粮商杀了,然后就抢粮。你说,这让我如何不急?"

金不二听爹这番话,顿时吓出一身冷汗,颤声道:"爹,既然如此,那我们为何不自己开仓放粮,却要将粮食白白送给尹知府,让他去赚得好名声呢?"

金诚多道:"乱世必用重典。你囤积居奇,尹知府找你两次,也算给足了面子,可你却不识好歹,自以为奇货可居。要不是我当机立断……你看看尹知府送给我的这个帖子。"

金诚多把尹知府给他的那个帖封递给金不二,金不二接过抽出一看,只见帖子上是一个斗大的"杀"字,墨迹斑斑,力透纸背,足见杀机横溢。

他吓得汗如雨下:"难道尹知府要……"

"哈哈哈……"金诚多看着儿子笑道,"俗话说,事不过三。那天尹知府来之前其实已下决心,如果我等仍不识好歹,他就要动手。用区区一点粮食换得全家性命,你说我这么做值不值?你要记住:君子谋财,取之有道,商人即使生意做得再大,可任何时候都不能坏了良心。"

后来,登州地界上那些没有放粮的粮商,或被灾民哄抢,或被官府诛杀。再以后,李自成进北京,清兵入关,天下乱成一锅粥,许多店铺都关了门,而金诚多的生意却依然兴隆,因为登州百姓一直记得他当年开仓放粮、赈济灾民的美德,都拥戴他。

(于永军)

(题图:黄全昌)

商人的眼光

　　湖广之地有一个古镇，人称湖河镇。湖河镇上有一家茶行，生意兴隆，远近闻名，茶行掌柜是弟兄俩，老大是大掌柜，老二是二掌柜。

　　一天，大掌柜对二掌柜说："二弟，我们茶行生意虽然不错，但维持原状就没有发展，有个朋友向我推荐一个从大茶行出来的伙计，我想把他聘了来。"

　　二掌柜犹豫着说："从大茶行出来的伙计难免会有些傲慢，要价高，不好使唤。"

　　大掌柜说："只要他肯为我们出力，我们就抬举他，重用他，给他加倍的薪酬，怎么样？"

　　二掌柜说："那你就看着办吧。"

不巧,第二天,大掌柜临时要出去谈一笔生意,怕是一二天赶不回来。临走前,他特地吩咐二掌柜:"我朋友推荐的伙计可能明天就到,到时候你招呼一下。"

果然那伙计第二天来了,二掌柜把他上下打量了一会儿,见他年龄不过三十,身高不过五尺,体重不过百斤,长得又瘦又黑,就没怎么把他放在眼里,淡淡地问:"你贵姓?"

"免贵姓庞,名正坤。"新来的伙计回答道。

"庞正坤……"二掌柜一听,心里就觉着反感,因为这名字和镇上一个小痞子的名字一模一样,"你先就在柜上收银吧,等大掌柜回来,看他怎么安排你。"二掌柜说完就走了。

过了一天,大掌柜匆匆赶回来了,见新伙计来了,就和他亲切地交谈起来。

大掌柜觉得庞正坤对茶行生意很有见解,当即就把他提为大伙计,给的薪酬也高,还对二掌柜说:"大材不能小用,我们要抬举他。"

可是二掌柜却有点不以为然。

话说大掌柜每天都好酒好菜地款待庞正坤,却又啥事儿也不给他安排。而这庞正坤呢,每天除了和大掌柜谈古论今地聊生意经外,就是到码头上去转转,或者一个人独自去什么地方钓鱼,偶尔也在店门前与别人下棋。

二掌柜将这一切看在眼里,对这个新来的伙计很有看法,可是大掌柜却劝他:"你别急,我自有用他的地方。"

庞正坤是个精明人,其实早就看出二掌柜对他的不满来。这天,庞正坤对大掌柜说:"柜上不缺人手,我反正闲着没事,不如到茶乡去和茶农拉拉关系,提前预订茶货,免得到收茶时节收不上好茶来。"

大掌柜一听,满心欢喜地说:"我也正这么想呢,你准备什么时候启程? 带多少银子?"

庞正坤说:"本地连着几年大丰收,粮食一多,粮价反而低了,这个时候,我们不如把粮食运过去,用它去换购茶叶,给茶农提供方便,茶叶的价格也可以压低一些。"

大掌柜一听,这不正合了自己心思?于是就问庞正坤:"你说运多少粮去合适?"

庞正坤想了想,回答说:"要不先运十船?再带上些卸船和运粮的费用就行了。我先押船过去,看看那里的行情,如果茶农喜欢,粮也好销,我就捎信回来,这里再运。不知这样安排,大掌柜觉得妥否?"

大掌柜一听连声叫好,马上就安排人员收粮装船。

第二天,大掌柜吩咐两个小伙计带上散碎银子,随同庞正坤押着十只粮船,就顺水南下往江南茶乡驶去。半月余,一行粮船到了茶乡码头,庞正坤下船雇人、租车,把粮食全部从船上卸下,运到茶农庄上。

粮车一到,茶农们纷纷围了上来。但让庞正坤为难的是,由于茶乡受灾,这些茶农无钱买粮,所以他们提出,是不是能先从庞正坤手里借。

庞正坤心想:粮都已经运来了,只有就地出售。可即便是放粮,也得有个头呀!他灵机一动,打听到有个姓高的大户茶农,是当地茶庄庄主,便找他商议:"我现在给茶农放粮,每放一斤粮,明年还我三两好茶叶,你看行否?"

高庄主觉得这办法不错,于是就去和茶农们说了庞正坤一斤粮食换三两茶叶的提议。

焦急的茶农说:"甭说一斤换三两,就是一斤换半斤也行。要不,咱就要么外出讨饭,让茶田荒了,要么就是在家等死。"

高庄主把茶农的话传给庞正坤,庞正坤心想:生意人不能太贪,既然先前说好三两,那就三两,可不能乘人之危。于是就马上带着两个随行伙计赶了去。

十船粮很快就放完了，可还有许多茶农空着手。庞正坤立刻果断地修书一封，派人火速送回，把情况向大掌柜作一说明。大掌柜是个明白事理的人，也相信庞正坤，所以就立即又安排人收粮装船，整队出发。

且不说庞正坤如何接船又放粮，只说湖河茶行二掌柜，他本来对庞正坤就没有什么好感，又听说茶乡遭灾，大掌柜听信庞正坤的话，大量往江南运粮，心里十分恼火。他对大掌柜说："就是在家门口放债，还得讲究以后用什么法子把债讨回来，现在居然把债放到千里之外，我看还不如把银子直接倒河里省事。"

大掌柜给二掌柜解释："茶农大多应该是本分之人，赖账的肯定不会多；再说了，能救他们老少不至于饿死，按常理，滴水之恩他们也该涌泉相报的。所以，二弟不必担心。"

二掌柜觉着大掌柜这话不是没有道理，可心里就是不痛快，气鼓鼓地说："大哥，你可不能全听一个外人的话，万一事儿弄砸了，外人可不会担什么份儿。"

大掌柜点点头："二弟放心。成了，这茶行家业是你我兄弟二人；真要弄砸了，就是我一人的，大哥说话算话。"

这一来，二掌柜没话可说了。

大掌柜于是继续安排人收粮装船，源源不断运往江南茶乡，足足运了一个月，算起来前后共运去八十船粮食。一方茶农得救了，他们广泛传颂湖河茶行的恩情，并把庞正坤敬为救世主，各户轮流邀请，不让回乡。

庞正坤一直住在茶乡，到了第二年春天，他带信回来说茶乡风调雨顺，如果没有变化，今年茶叶可望大丰收。大掌柜把喜讯传给大家，并指挥伙计们开始做收茶的准备。

可是有一天，庞正坤却突然回茶行来了，见了大掌柜深深鞠一躬，说："大掌柜，我不知道该怎么向你说。"

大掌柜看庞正坤满面愁云、苦不堪言的样子，知道出了大事,便自己先稳住神,然后安慰庞正坤道:"坐下吧,有话慢慢说。"

庞正坤长长叹了口气,说:"那边眼看着就要收茶了,没想来了一场冰雹,新茶被打了个精光。去年我们放出去的粮,今年是没指望收回来了。"

大掌柜一听,心里自然焦急万分,不过他还是故作轻描淡写地说:"天灾人祸,不是你我所能阻挡的,你也不必太自责。"

顿了顿,他又若有所思地自言自语道:"只是……今年那些茶农的日子更不好过了啊!"

庞正坤不住地点头叹息:"他们何止是不好过,是过不去了啊,去年吃的是我们放的粮,今年只有外逃求生了。"

大掌柜眼一瞪:"外逃求生?那……那些茶田不就荒了?"

庞正坤说:"是啊,茶田一荒,明年就更没法还咱们的粮债了。"

大掌柜不由皱了眉:"这事儿……你看怎么办好?"

庞正坤搓着两只手,说:"大掌柜,去年放出去的粮今年收不回来,我很惭愧。现在该怎么办,只有你自己决定了。"

大掌柜看看庞正坤,沉吟半晌,果断地一拍桌子说:"再放粮!"

庞正坤一听,真是喜出望外:"大掌柜,你……你真是大将风度哇!那些茶农真要感谢你几辈子哩。"

再放粮的事情就这样决定了,大掌柜立即安排人再次收粮装船,还是让庞正坤和那两个伙计押船南下。

二掌柜这几天正在外面要账,回来后听说此事不由火冒三丈,冲着大掌柜就发脾气:"你这不是要毁了我们茶行吗?"

大掌柜耐心地给他解释:"我就是因为想发展茶行,才这么做的。你想,我们只有继续放粮,让他们有饭吃,把茶种好,才能最终挽回损失呀。"

二掌柜可听不进大掌柜这些话,气呼呼地说:"那好,咱俩今天就分家。你发你的财,我永远不会来眼红你。"

大掌柜一听,愣住了:"爹走的时候不是留下话来的吗? 不到万不得已,谁也不能分家。"

二掌柜却喉咙震天响:"难道现在还没到'万不得已'的地步?"

大掌柜坚决地摇头,说:"二弟放心,去年放粮八十船,今年一百六十船,共计二百四十船,每船粮食五百大洋,总共大洋十二万。这十二万统统算在我头上,字据我已立下,请二弟收好。"说着,他从怀里掏出写好了的字据,递给二掌柜。

二掌柜一看,正如大掌柜刚才所说,字据上白纸黑字写得清清楚楚,他再不好争辩,不过心里却想:明年如果还收不回本钱,这个家就怎么也得分。

话说江南茶乡,大掌柜让庞正坤运去的那一百六十船粮,救下了整整一方茶农的性命,茶乡们感激不尽,于是每家每户都把湖河茶行大掌柜的名字立成牌位,天天对着它烧香磕头,同时苦心修理茶园,等待来年好收成。

庞正坤也没闲着,他想:灾情过去之后,明年咋也该丰收了,到收茶时,那可是几百船的量啊,茶行根本放不下,若是短时间销不出去,堆的时间长了,茶叶就会发黄变质。所以,他就利用在茶乡的近一年时间,走遍邻省的茶行,签下了不少来年的订单。

皇天不负有心人,第二年茶叶果然大丰收,茶农们都把上好的茶叶给湖河茶行准备着,并让庞正坤直接回家到码头去接船,这边雇船装茶叶的一干事儿,茶农们都替庞正坤安排好了。

庞正坤回到湖河茶行,没几天,第一批满满二十只茶船就到了。大掌柜一见真是又喜又愁:茶叶收回来了,可没这么多地方放,怎么办?

庞正坤对大掌柜说:"今年我们收回的茶叶大概可以装二百船,我已经和茶农说好了。其实他们收摘下的茶叶还不止这些,可如果全部拿来还我们粮债,他们自己就所剩无几了,况且这么多茶叶我们也不好销售,所以我让他们分两年还清。"

大掌柜说:"可就是只来二百船,我这里也没地方放啊?"

庞正坤从怀里拿出一叠十几张订单,递给大掌柜。

庞正坤还没开口,大掌柜一看就知道是怎么回事了,不禁喜出望外,立马安排伙计去接应茶船。所以,湖河茶行只把第一批二十船茶卸下,其他茶船到后,只在码头上签了字,便立刻转运邻省各茶行。

这一年,湖河茶行收了二百船茶,第二年又收了二百船茶。可让大掌柜没料到的是,第三、第四年,他的茶行居然还能收到这么多茶,白花花的银子源源不断地流进他的茶行,这让他真是感慨不已。

茶行生意越做越大,没几年就先后在邻省开出了分号,二掌柜和庞正坤,都被大掌柜派去分号,当上了大掌柜。

(刘兴梅)

(**题图**:安玉民)

妙笔戏酒家

　　乾隆皇帝下江南,这天来到杭州城,正好有一酒家开张,"噼噼啪啪"的鞭炮声把他吸引了过去,于是他就在酒家里一张空桌前落了座,要一壶酒,点两个菜,优哉游哉地品尝起来。

　　可酒刚一进口,乾隆就觉得不对劲:酒里掺了水。再瞥眼酒壶,发现也不对劲,要比通常的小一圈。他顿时心里就来了气,脸一耷拉要发火。可再一想,忍住了:人家开个酒家也不容易,明着说破,不就马上坏了人家的名声?倒不如戏他一戏,让他自个儿悄悄改了的好。于是,他把小二叫过来,吩咐道:"把你们老板找来,我有话说。"

　　不一会儿,老板就点头哈腰地跑了过来。

　　乾隆说:"我从京城来杭州办事,恰逢酒家开业大吉,有幸之余,想写几个字为你们贺贺喜。"老板自然不会想到眼前这个人就是当今皇上,但听说是从京城来的,看面相不怒自威,猜测绝非等闲之辈,于是连忙叫小二取来笔墨纸砚。

乾隆于是大笔一挥,写了四个字:莱梨乐枣。

"好字,真是好字!"老板一面由衷地称赞,一面又疑惑地问,"先生的意思是……"乾隆微微一笑:"莱阳的梨,乐陵的枣,举世闻名。但愿你们酒家生意也能如此啊!"说罢,就告辞了。

老板望着乾隆远去的背影,越想越觉得这四个字意义深长,于是当天就请人将它装裱制成匾,挂在酒家当门的墙上,盼着它能给酒家带来好运。

可让老板想不到的是,酒家开张以后,生意越做越清淡,这天眼看开门已有两个时辰了,店堂里却一个顾客也没有,老板急得除了朝伙计们瞪眼睛,一点办法也没有。

后来,好不容易来了一位秀才模样的人,盯着墙上那块"莱梨乐枣"的匾看了半天,忽然"扑哧"一声笑了起来。

老板当然是个精明人,一看这情势就知道匾中必有缘故,于是双手一抱拳,对秀才说:"先生,您今天能进我的门,说明咱俩缘分不浅,不管怎么着,你我也得喝上一壶!"他请秀才入座,吩咐伙计上酒上菜,两个人于是就对饮起来。

秀才抿了一口酒,提起酒壶看了看,问老板:"酒家开业不久吧?生意不好?"老板面露愁容地直点头。

秀才抬头瞧一眼挂在墙上的匾,自言自语道:"这就对了。"

老板一听急了:"什么对了?是匾上的话有名堂?"老板赶紧把"莱梨乐枣"的来龙去脉给秀才说了一遍。

秀才一听就笑了:"给你题字的人其实是在说你呢!"

老板一惊:"他说我什么了?"

秀才慢条斯理地说:"你想啊,莱阳的梨以汁多闻名,乐陵的枣以核小传世,这'核'字这一带人的口音不是与'壶'字很像吗?

'莱梨乐枣',莱阳梨水多,乐陵枣核(壶)小,不正是说你酒家的酒水分大,而酒壶小吗? 难怪生意清淡,原因正在于此啊!"

被秀才这么一指点,老板心里懊悔得要命:自己居然把人家骂自己的话做成匾,还在店堂里挂了这么长时间。他"腾"地站起来,嚷嚷道:"小二,小二,快给我把匾拿下来,砸了它!"

老板气得脸色铁青,可秀才却在一旁不慌不忙地劝他道:"老板大可不必发怒啊,你的酒我尝了,酒壶我也看到了,人家说没说错,你老板心里最清楚呀! 我看那人没有当场点破你,就已经给了你很大的面子啦!"

秀才拉过老板,重又坐了下来:"来来来,没有过不去的火焰山,咱俩先干了这杯再说。"

老板想想秀才的话不是没有道理,可就是怎么也提不起劲儿来,蔫头耷脑地坐在那里,好半天也不吭声。

秀才劝他说:"做生意讲究的就是'实在'两个字,我看你只要在这上面下点功夫,生意一定会红火起来。"

秀才说得轻言慢语,可老板却听得眼睛一亮。这话他以前不是没听到过,只是此刻在空荡荡的店堂里,他才听进心里去。想想真是这个理啊!

老板拱手对秀才说:"敢问先生,能否给小店指点一二?"

秀才说:"老板,你这是抬举我了。不过恭敬不如从命,我就斗胆给老板进一言:第一,老板不如就把'莱梨乐枣'这四个字做成酒家的招牌,倒也别出心裁;第二,既然招牌改了,索性就把莱阳的梨和乐陵的枣做成酒家的一道主菜,味道做好了,吃客哪有不回头的啊? 第三,当然了,这装酒的壶和壶里的酒……"

秀才刚说到这里,老板马上抢着说:"当然改,我马上改。"

老板觉得这秀才和自己挺投缘,就兴冲冲跑去拿正宗的"状元红"酒来,想与秀才好好喝一盅,可谁知等他端着酒坛子出来,秀才已经走了。老板不由想起那天"莱梨乐枣"题字时的情景,心里寻思着:这秀才会不会也是来戏弄我的? 可想想他的点拨确实有道理啊,决定还是先照着试试。

这一试啊,果然,酒家的生意一天比一天红火,不管是平民百姓还是达官显贵,纷纷登门入座,时间不长,老板的酒家就真的在杭州城里出了名。后来,"莱梨乐枣"的名声越传越远,老板索性北上创业,在京城开了一家规模更大的"莱梨乐枣"酒家。

这天,老板正在店堂里招呼客人,一转身,和一来者打了个照面,他不由惊叫起来:"这不就是当年给我题字的贵客吗?"

来人正是乾隆。老板向乾隆拱手施礼,动情地说:"多亏先生当年的题字啊,后来有个秀才也给小店指点迷津,两位先生都是我的恩人哪!"老板亲自给乾隆上酒上菜,一边上一边介绍,乾隆喝一口酒品一口菜,吃得不亦乐乎。

吃完了,乾隆又叫老板去拿纸砚笔墨来,说是要为酒家题写店名。老板一愣:"'莱梨乐枣',挺好,挺好呀!"

乾隆哈哈一笑,说:"我给你在这店名后面再加三个字,这回你放心,不会再叫你出洋相啦!"

等到小二将纸砚笔墨送来,乾隆"刷刷刷"挥笔写了三个雄浑有力的大字:又一村。还落了款:乾隆御笔。

我的妈哟,这不是当今皇上吗? 老板"扑通"一声就跪下了。

乾隆道:"起来吧,不知者不为过。朕今天总算是看到你在真正做生意了,好自为之吧!"

没多久,乾隆御笔题招牌的事儿立刻在京城传了个遍。老板这回自然是请了最好的师傅,把它装裱制匾,然后选了个黄道吉日,隆重地在店堂里挂了起来。

不用说,这以后酒家的生意是越来越红火了。

(艾湛云)

(题图:黄全昌)

香口卤鸭

从前,保定府里有一个叫穆鱼的人,承接祖上手艺经营着一爿卤鸭店,店里的卤鸭别提有多好吃了,七里八乡都有名,这一带人都称其为"穆鱼卤鸭"。

穆鱼卖卤鸭有一条铁的规矩,就是到店里来吃卤鸭的客人只许堂吃,不许带走,不然给多少银子都不卖。为啥?你想嘛,一枝红杏招来百蝶纷飞,每天店门一开,慕名来吃卤鸭的人就络绎不绝,几乎把门都挤破,尤其一些官宦人家的婚娶喜宴,无一不用穆鱼卤鸭来增色,出手大方的,还给主人不少小费,那白花花的银子,谁看着不眼红?许多人曾不知深浅地先后仿效着也开起了卤鸭店,可折腾来折腾去,卤出来的鸭子味儿就是与穆鱼家的差老鼻子了,所以穆鱼牢牢把住自己的看家本领,也是情理之中的事。

眼看着穆鱼家日进斗金,生意越做越红火,住在对面的秦柱夫妇终于耐不住了,这年他们下决心开出一爿卤鸭店,想借用对面穆鱼店的人气,薄利多销拉客赚些小钱。可不管怎么使法子,秦柱媳妇甚至每天还花枝招展地站在店门前揽客,来吃卤鸭的人仍是寥寥无几,不到半年,他们的卤鸭店就开不下去了。

这天晚上,秦柱夫妇俩关上店门后,愁眉苦脸地想对策。

秦柱愤愤地说:"该死的穆鱼,他的卤鸭只许吃不许带,他要独霸这世界呢!"

媳妇说:"他们家卤鸭天下无敌,奥妙不就在老汤上?多少人都打过他家老汤的主意,可他把得那样紧,怎么弄得出来?唉,我们开这个店把老本都投进去了,若是关了,以后可怎么活呀?"

夫妇俩正这般唉声叹气的时候,这些话却让门外秦柱的妹妹秦香听去了。秦香这年芳龄十八,长得闭月羞花,乖巧聪慧,闻听哥嫂为家计愁成如此,思索良久,不由计上心来。

第二天,穆鱼卤鸭店开门不久,秦香就走进店去,拣一张干净桌前坐下,说:"称半只卤鸭,要多舀点嫩汤。"

老板穆鱼一看,是对面秦柱的妹妹,随口问道:"你哥嫂家中自有卤鸭吃,怎的你还来敝店讨口?"

秦香羞红着脸笑笑,说:"哥嫂的卤鸭我吃不上口,哪有你们这里的卤鸭名气响。人活世上,不都想占高枝嘛!"

穆鱼听她这么一说,心里觉得挺得意,可仍有些心存疑虑,于是便追着问:"姑娘来敝店吃鸭,你哥嫂可否知晓?"

秦香应声道:"身是我的身,口是我的口,我要吃哪家的卤鸭,用不着他人指派。"

穆鱼还不放心:"当然,当然,来的都是客。可只你姑娘家一人来吃卤鸭,总有些不合俗套。"

秦香听了穆鱼这话，面上就有些怒了："你开店问这许多作甚？怕我给不起你钱？"说罢，她拿出十两纹银往桌上一放，"你店大也莫要欺客呀！"

穆鱼没想如花女子竟这般利嘴，赶紧道："姑娘息怒，敝店不敢。"随后就亮声朝后堂吆喝道："卤鸭半只，多浇嫩汤呀！"

待卤鸭上桌，秦香便秀秀气气地吃了起来。

出于好奇，更是出于警惕，穆鱼仍是远远地盯视着她。

谁知秦香盘中的卤鸭还未动上一筷，才喝了一口卤汤，脸瞬间就煞白起来。

穆鱼大惊：许是刚才自己多问了几句，让姑娘心里堵了气？他要紧奔过去，喊了一声："姑娘……"

只见秦香一脸痛苦无奈的样子，捂着肚子从凳子滑到了地上，穆鱼不敢怠慢，立即差遣仆人把秦香送回对面她哥嫂家，事后又亲自打点礼品上门道歉。

穆鱼满以为这事情可以了结了，可万万没有想到，实际上秦香在他店里演的是一出苦肉计，开不得口，是因为嘴里正含着卤鸭汤哩。待送她回家的仆人和穆鱼一走，她跳起来就直奔灶房。

此时，秦香哥嫂正灶前灶后地忙着，一锅卤鸭煮得沸开，秦香一伸头，便将口中的汤吐进了锅里。

哥嫂不知就里，张口就骂她："你这个死妮子……"

可他们声音还未落地，突然间锅里就悠悠地飘出一股奇异的香味来，先是充溢着屋子，而后又飘出院去，招来一群狗，打也打不走。

秦香不由愣住了：就是穆鱼卤鸭店里的卤鸭汤，也没这般香啊？这才知道自己原来竟有着一张奇异的香口。

过往路人闻香驻足，都进来品尝卤鸭，哥嫂店里的生意马上就热闹起来。

那些路人吃了还想吃，纷纷问这卤鸭叫啥名字，秦香笑而不答。嫂子灵机一动,便道:"咱就叫它'香口卤鸭'吧!"

就这样,香口卤鸭从此声名远扬,人们几里几十里甚至几百里以外都赶来品尝。哥嫂俩就凭借这香口卤鸭扩大了店面,建起了高堂,门庭很快就显赫起来。

也因着这个,哥嫂对门的穆鱼卤鸭店生意渐渐败落下去,到后来,穆鱼夫妇几乎连饭都要吃不上了。真是风水轮流转,有人欢喜有人愁啊!

穆鱼卤鸭店再也开不下去了,这天,穆鱼蓬头垢面,正苦着脸坐在紧闭的店门前发愁,见秦香打门前过,硬要她到家里坐坐。穆鱼媳妇见秦香来了,强撑着病弱的身子从床上坐起来,话没出口先就咳了半天。

眼见得家道中途败落竟是这样的凄凉,秦香心里不禁惶惶然起来。

这时候,穆鱼端过一碗卤鸭老汤,对秦香说:"姑娘若有心救老朽一把,就烦姑娘也吐一口香汤给我们吧。"穆鱼求秦香含一口卤汤,然后再吐回碗里去。

秦香没有犹豫,她自刚才踏进穆家大门起,就顿生怜惜歉疚之心,所以穆鱼要她帮忙,她一口答应。可就在这时,她的哥嫂突然闯了进来,朝她大喝一声:"不许吐!"强把她拉回家去了。

秦香极力想说服哥嫂:"如今我们日子好过了,也该给穆鱼夫妇一条活路,何况我这香口还是由穆家的老汤引发而来,本就该还给人家一口呢!"

可哥嫂的态度非常坚决:"不行!当初他们红火的时候没可怜过我们,做买卖讲的就是一个'争'字。倘若现在给了他们香汤,他们又会压过我们,绝对心软不得。"

嫂子跳着脚地骂秦香吃里爬外,骂过了不算,怕秦香出去再给穆鱼吐香汤,索性把她锁入闺房,再不许她出门。

这天夜里,秦香被锁在房里,走又走不得,睡又睡不着,正辗转反侧间,忽听有人在窗外轻轻地唤她,细听竟是穆鱼趁着浓浓的夜色摸上门来。

原来是穆鱼媳妇刚才在梦中得知秦香哥嫂要加害秦香,所以夜半时分突然把穆鱼摇醒,说是让他快去救秦香。穆鱼一听,没敢怠慢,就做了一回贼,翻墙潜入秦家,把秦香从锁着的闺房里救出,如此这般告诉她,让她快跑。

可秦香不信哥嫂会这么歹毒,穆鱼就拉她一同溜到哥嫂窗下听墙根,夫妻俩果然正在密谋。原来,嫂子担心秦香早晚有一天会把自家店里的香口老汤施与他人,香口长在秦香身上,总归是个祸害,若杀了秦香,香口没了,这世上的香口卤鸭不就能让他们独占了? 起初哥哥并不同意这么干,毕竟是兄妹骨肉,但抵不住媳妇软硬兼施,终于松口称是。

秦香听了心中好苦,草草收拾衣物准备出逃。临行前,她一个人来到灶房,望着一锅卤鸭老汤悲怆至极,泪水不禁"扑簌簌"地滚落下来:连骨肉亲情都可以刀枪相见,这个家还有什么可留恋的? 她脚一跺,头也不回就走出了家门。

秦香前脚刚走,灶房里却立刻出现了奇怪的事情:刚才秦香伤心的泪水滴进锅里,谁知这锅卤鸭汤"咕咚咕咚"翻涌几下,瞬间就变了颜色,紧接着就泛起一股又酸又臭的恶气来。待得第二天哥嫂再煮出卤鸭来,那鸭肉竟如木丝一般,味臭不说,还难以下咽。

就此,香口卤鸭只留了个虚名,大家再也不来光顾了。

眼见得店里的生意一落千丈,哥嫂束手无策,他们自知理亏,也不敢去寻秦香,到后来实在撑不下去了,才四处打探,终于在了空山上寻到了她。

哥嫂一见秦香就"扑通"一声跪了下来,如此这般地诉说当下的窘境,求秦香救救他们。

秦香双手合十端坐在那里,看着可怜的哥嫂,不由轻轻叹了口气,说:"我这香口经过世事变迁,已再不显灵,我实在救不得你们啊!"

可哥嫂哪里肯信,再三再四地认错,希望秦香不记前仇,给他们一口饭吃。

秦香再叹一声:"你们不信?那就来嗅嗅我这口。"

哥嫂真就凑上前来,秦香于是就吐出一口气来,果真恶臭恶臭的,熏得哥嫂险些昏倒。原来秦香领悟了人生险恶,离家之后就入空门做了尼姑,她知道哥嫂终有一天会找到她,于是就在山上找到一种奇异草吞了,把自己一张香口彻底毁掉。

哥嫂再无咒念了,只好灰溜溜地回去,不久就沦为了乞丐。而那早先的穆鱼卤鸭,因为没有了竞争对手,重起炉灶后又红火起来,老吃客也源源不断地又回来了。而穆鱼对祖上的老汤也不再固守,谁讨就给谁。

不过也奇怪,人们就是得了那老汤,也还是做不出穆鱼卤鸭那味儿来。

(孙东旺)

(题图:黄全昌)

店名传奇

　　清朝道光年间,湖南出了个大书法家,叫何绍基,其字自成一体,人称"何字"。

　　这一年,刚考上进士的何绍基进京为官。一日,天色将晚,他正在五岭山野间急急赶路,人饿脚乏之时,忽见前面有个茅屋小店,便三步两步走了过去。

　　店主见来了客,立刻满面笑容地迎上来,殷勤地招待。虽然小店饭食一般,但有山野气息,何绍基吃得很合胃口。吃完饭,店主又端来热水,请何绍基洗脚,这一宿,何绍基睡得特别香。

　　第二天早晨,何绍基吃过早饭,取出四吊钱来给店主。

　　店主没想到这个书生模样的人出手如此大方,忙一口一声"谢谢"。

何绍基抬起头,四下看看,说:"做生意该有个店名,贵店怎么没有店名呢?"

店主回道:"野外小店,不值一提,无名也罢。"

何绍基笑了,说:"还是有个店名的好。恕在下冒昧,给贵店起个店名,如何?"

店主自然大喜过望,何绍基于是便请店主去取来纸笔。

谁知店主脸一红,结结巴巴地说:"我……我不认字儿,小店里没……没备纸墨。"

何绍基一听,便从自己行囊中取出笔墨纸砚,让店主弄来水,倒入砚台,磨起墨来,然后执笔在手,龙飞凤舞地写了三个楷书大字:点心店。

店主连连称谢,何绍基也不言语,只是笑笑,收拾好行囊,上了路。

没一会儿,店里来了一个客人,看见店主晾在桌上墨迹未干的店名纸儿,一瞧落款,不由大惊:"店家,你可真有两下子,怎能请到何绍基来给你题写店名?"

店主一脸迷惑:"何绍基是干什么的?"

客人说:"你怎么连何绍基都不知道?他可是大名鼎鼎的书法家啊!"客人一边说着,一边就仔细端详起何绍基的墨迹来,突然叫道:"店家,这点心店的'心'字,怎么少了一点呢?"

原来,何绍基写的点心点那个"心"字,只写了旁边两点,中间一点给漏了。

不过尽管如此,何绍基为山村野店题店名招牌的事儿很快就传了开去,不几天,方圆百里就无人不知。人们听说"心"字当中少一点,无不感到奇怪:天下闻名的大书法家,为什么会写出缺胳膊少腿的字儿来呢?于是就都争先恐后地纷纷来看究竟,那些过往客商宁可绕路也要到这家点心店来吃住,因此平日清冷的小店一下子就热闹起来,生意很快就变得红红火火。

没半年,何绍基的店名招牌就为店主带来了滚滚财源,店主于是就把原先小屋推倒,重新盖起了大瓦房,又把何绍基题的招牌做成赤金大匾,高悬堂上。

少了一点的"心"字,从此更成了过往客人议论的话题,当地知县反复揣摩其深义,绞尽脑汁却一无所获。后来,知县为了显示他的满腹经纶,便向全县发出一纸通告:凡读书习字者,均须遵照何进士的启示:小心点。

此事传到在京城做官的何绍基耳里,真是哭笑不得,原本是因为觉得店主待客热情周到,想给小店揽点生意,没想却闹出这般笑话。

第二年春天,何绍基再下江南,特意绕道去点心店看看。店主一见何绍基就跪下叩头,吩咐伙计摆筵席款待,频频给何绍基敬酒,以表不尽感激之情。

席间,店主犹犹豫豫地对何绍基开口道:"小的有句话,不知当讲不当讲?"

何绍基说:"有话请直说。"

店主于是就问:"大人当年给小店写的这个'心'字,中间……怎么少了个点?"

何绍基淡然一笑,不置可否。

店主说:"小的有一个不情之请,不知大人能否答应?"

何绍基瞥他一眼:"说来听听。"

店主说:"大人给小店写的招牌少了一点,小店生意就如此兴隆,如果大人能再高抬贵手,添上那一点,那小店生意想必就更……"

何绍基一听店主这话,心中有些不快,不过他嘴上还是答应说:"这好办,给你添上就是了。"

店主大喜,忙让伙计摘下赤金大匾,取来笔墨,何绍基举笔就在"心"字上点了一点。

店主一看，连连称谢，正要再举杯给何绍基敬酒，没想何绍基却起身告辞了。

店主见挽留不住，立刻让伙计奉上三十两银子，对何绍基说："这是小的一点心意，请大人笑纳。"

何绍基朝他摆摆手："举手之劳，何足挂齿。"转身就走了。

店主起初还想着，怎么何绍基饭吃了一半突然说走就走了，可看着一笔不少的"心"字招牌，就乐得合不上嘴了。以后只要有人进店，店主便请他看招牌，得意洋洋地介绍说："何大人又光临小店了，把原先少了一点的'心'字给补齐了。"

可是看到的人都不信，都认为店主这是故意在玩花样招徕顾客。

此事传到知县耳中，知县大怒，派衙役将店主抓去，斥责他胆大妄为，居然敢改何大人的墨迹，打一顿不算，还罚了他二百两银子，将他的赤金大匾摘了下来。

自此，小店生意一落千丈。

又过了一年，何绍基被委任为四川学政，离京赴川之前，他回家探亲，途中又去了一次山野小店。店主一见何绍基就泪落如雨，哭诉小店每况愈下的现状，求何绍基无论如何帮他一把。

何绍基扶起店主，肃然道："原本少写那一点，是叫大家心里空着，来吃你的点心、住你的店，这样店里的生意自然就会兴隆起来。可是你却贪心不足，叫我再加上那一点，你想，大家心里都装得满满的，还需什么点心呢？既然不吃点心，那他们要到你这点心店来干什么呢？"

一番话，说得店主羞愧难当。

（宋立波）

（题图：俞耀庭）

来者不善

　　黑龙江和吉林两省交界处，有个金泉镇，镇上有好几家专门经营龙泉虹鳟鱼的餐馆，其中方子贵和他老婆腊梅开的那家，是镇上最早开业的，资格最老，也最正宗，所以生意特别兴隆。

　　这天中午，"正宗龙泉虹鳟鱼"餐馆里座无虚席，方子贵、腊梅和几个帮工从厨房到店堂，端鱼送酒，忙得脚不点地。就在这时候，忽见一辆轿车缓缓停在了餐馆门口，方子贵伸长脖子往外一看，呀，从车上下来的不正是半年前来过的那个人吗？他后面还跟着个虎背熊腰的中年汉子，看那块头儿，准是个保镖。方子贵心里不由"咯噔"一下……

　　按说店里来客是好事，方子贵为啥如此害怕？原来，来者是黑龙江省一家木制品公司的司机，叫文东，半年前他开车南下珠海送货,路过方子贵的餐馆,就在这里停车吃饭,却不料被方子贵用计灌醉了酒,车上几十张上好的装饰板被方子贵卸了去。现在失主上门,方子贵做贼心虚,自然就心慌起来。

只见文东将车停稳后就和中年汉子进了餐馆,像其他回头客那样,热情地和方子贵打起了招呼:"方老板,别来无恙!老规矩,来碗原汤虹鳟鱼。"

哦,他们是路过这里,顺便来品尝虹鳟鱼的,方子贵心里稍稍安定了些,忙把两人领进包房,然后冲着厨房高喊一声:"原汤虹鳟鱼一碗!"

"知道了——"腊梅在厨房里应着声,她手脚麻利地用鱼塘里的水将虹鳟鱼炖了,撒上自家特制的佐料,然后又烫了一壶酒,让帮工山子端上来。

方子贵见文东和中年汉子互相斟上酒,开始有滋有味地吃喝起来,便招呼说:"二位请慢慢用,需要什么,请尽管吩咐。"说罢,抬腿就要走出包房去。

见方子贵要走,文东抬眼看了看他,又环顾四壁,慢条斯理地说:"方老板,你这餐馆装修得好漂亮呀,用的都是国内一流的装饰板,有眼光,有眼光……啊,你先忙你的去吧,待会儿我会找你的。"

方子贵听出文东话里有话,尤其是那令人捉摸不定的目光,更使他如心头撞鹿。

走出包房后,方子贵径直来到厨房,把腊梅叫到一边,悄声说:"黑龙江那司机来了,还带着保镖。我看这小子今天来者不善,你快去和那几个帮工打声招呼,让大家都留点儿神。"

腊梅一听害怕了:"他们要是撒起野来咋办?"

"我想过了,这是在咱金泉镇的地盘……"方子贵冲腊梅悄悄耳语了几句,腊梅会意地直点头。

半小时过后,包房里传来文东一声叫:"老板,方老板——"

方子贵赶紧走过去，推开包房门，两手抱肩站在那儿，用冷冰冰的口气问："啥事儿？"

方子贵的态度和刚才截然不同，是因为腊梅已经找到了她在派出所的一个老同学，商量好了，如果这两个家伙起刺儿，就把他们弄派出所去。所以眼下，方子贵正巴不得文东他俩借酒劲儿摔碗砸桌子呢。

可文东却偏偏不，他拽过一张椅子，说："方老板先坐下，咱们慢慢谈。"

方子贵脖子一犟："有事就痛快说，我正忙着哩！"方子贵打定主意要引逗文东他俩上钩。

文东见方子贵一副不耐烦的样子，脸一沉，口气便也强硬起来："方老板，你的正宗龙泉虹鳟鱼已经为你赚了不少钱，现在该到摘牌子的时候啦！"他一边说，一边伸手就往腰里摸去。

方子贵见了本能地一惊，提高嗓门大声嚷道："你这是什么意思？南来北往的人，谁不知道我的正宗龙泉虹鳟鱼？你想耍酒疯砸我的店吗？"

包房的门一直开着，方子贵这一嚷，就引来大堂里不少顾客的注意，都把眼睛往这边瞅。

这时候，帮工山子一溜烟跑出了店里，而方子贵呢，巴不得把事情闹大，把文东送进派出所去收拾才好，所以声音就越发响了起来。

这文东可不是吃软蛋的家伙，他看方子贵这么盛气凌人，立刻拍案而起："哼，耍酒疯、砸店铺，那是二流子干的营生。识时务者为俊杰，方老板请放明白点儿，你要是继续再挂这牌子，自会有人来找你的麻烦……"

就在双方剑拔弩张的时候，只见派出所张所长领着几个民警疾步冲进店来，山子用手一指包房，说："就是他俩。"几个民警不由分说，三下五除二地就把文东他俩摁倒在地，可搜遍全身，奇怪,两人身上和手提包里除了装钱的皮夹外,没有任何匕首、火枪之类的凶器。

一个民警打开中年汉子的皮夹,一看,惊叫了一声:"哎呀,他是律师。"

律师? 张所长一怔,忙拿过证件看,没错,人家确实是律师。这就怪了,律师咋和无赖搅在一起? 他忙又检查文东的手提包,发现里面有一张"龙泉虹鳟鱼"商标注册使用许可证。

这是咋回事? 他惊讶得半天没合上嘴,脑子一下子转不过弯来了。

这时,站在文东边上的那位律师,带着讥讽的语气开口道:"警官先生,您准备把'人犯'作何处理呀?"

张所长这时候可尴尬了,自嘲地笑了笑,说:"因为刚才接到报案,说这里有人在酗酒闹事,所以我们就赶来了。现在不是到处都在抓综合治理嘛!"说着,他扬扬文东那张商标注册使用许可证,"这是咋回事呀?"

文东淡淡一笑,说出了事情的来龙去脉。

原来半年前的那天,文东离开方子贵的正宗龙泉虹鳟鱼餐馆,把货送到珠海后,接货人发现数量不对,便电告了文东这边的公司经理,所以文东回来后就被公司解雇了。为了生计,他索性自己开起虹鳟鱼餐馆来,还到省里注册了龙泉虹鳟鱼商标,然后和律师一起来金泉镇。见了方子贵后,他几次想说这个事,但方子贵这副"死猪不怕开水烫"的样子,让他暂时打消了这个念头……

被方子贵误认为是保镖的律师,这时慢条斯理地开了口:"方老板,按照《商标法》规定,你的餐馆如果再继续使用龙泉虹鳟鱼的招牌,就是对这一商标注册人文东先生的侵权,所以我劝你赶紧把牌子摘下来,不然咱们就得在法庭上见了。"

方子贵万万没有想到文东会使出这么一招,一块响当当的招牌居然就这么莫名其妙地落到别人手里,他真是又气又急。可现在站在他面前的是律师呀,人家搬出《商标法》,这套东西他哪懂啊? 他只好马上换上一副可怜巴巴的样子,说:"半年前,是我鬼迷心窍,干下了糊涂事,我现在愿意加倍赔偿。只是……只是……这牌子的事,咱们是不是再商量商量?"

文东挺有风度地笑了:"怎么不能商量? 你完全可以继续使用这块牌子,但必须缴纳商标使用费。不光是你,这个镇上所有挂龙泉虹鳟鱼招牌的业主,都得按规定缴费。"

"啊?"方子贵一听,顿时急出一头大汗。

见他这副狼狈样儿,文东忍不住哈哈大笑起来:"方老板,心疼钱了是吧? 舍不得孩子套不住狼,龙泉虹鳟鱼名气虽响,但像你们现在这样小打小闹,根本不成气候。我想通过注册龙泉虹鳟鱼商标,把经营虹鳟鱼的商家联合起来,尽可能地利用大伙儿的综合资源优势,形成一个跨省经营的龙泉虹鳟鱼集团。方老板,你和各位缴纳的商标使用费,就是集团的启动资金,大伙儿都是集团的股东。今天派出所的人在这儿,我们这算不上是来寻衅闹事的吧?"

张所长和那几个民警听到这里如梦方醒,在场众人个个拍手叫好……

(张磊生)

(题图:刘斌昆)

独 具 一 味

商海沉浮中要脱颖而出，就得看
你细节上花的那点儿心思。

加
一
两

　　街上有家夫妻老婆店，专门经营珠宝生意，丈夫负责进货，老婆看守店面。最近，因为店里的生意特别好，夫妻俩忙不过来，丈夫于是就新收了个徒弟，自己做起了师傅。

　　这天，师傅带徒弟沿街去收宝，让他长长见识，两人经过一家茶馆时，师傅一眼瞥见茶馆柜台角落上有一只装茶叶的小彩瓶，白晰晰，绿茵茵，颜色很特别，就带着徒弟踏进了茶馆。

　　师徒俩找了个柜台边的座位坐下来，要了一壶茶，面对面喝起来。喝着喝着，趁茶馆掌柜不注意的时候，师傅伸手把那只小彩瓶拿了过来，一看，这是一只空彩瓶，里面没有放茶叶，师傅捧着小彩瓶左看右看看了个够，随后就悄悄把它放回原处，拉着徒弟出了店堂。

来到僻静处，师傅对徒弟说："今天我教你个收宝的诀窍，你去把刚才那只小彩瓶买了来。"

徒弟很听师傅的话，走进店堂，见掌柜正忙着在给茶客倒茶水，就上前指着小彩瓶问他："掌柜的，这只小彩瓶卖不卖?"

掌柜正忙得团团转哩，自打茶馆开张以来，喝茶的人络绎不绝，但从没有谁要买装茶叶家什的，所以现在一听有人说要买瓶子，掌柜不由打量了徒弟一眼，见他还是个十七八岁的娃娃，便没好气地推了他一把，吼道："去去去，别在这里给我添乱，这种东西哪有卖的道理? 不卖!"

徒弟是个老实人，一听掌柜说不卖，掉头就走，跑去向师傅报告。

师傅看了徒弟一眼，说："哪有你这么说话的，你知道这瓶子他卖多少钱吗?"

徒弟摇摇头。

师傅说："那你就再去问问。"

徒弟一听，回头就又向茶馆跑，走进茶馆，张口就问："掌柜的，这只小彩瓶，你们卖多少钱?"

掌柜一瞧："怎么又来了? 不是说过不卖的吗?"

徒弟想起师傅的话，就盯着问："如果卖，那你卖多少钱?"

正在烧水的老板娘没好气地冲着徒弟说："一百两银子也不卖，不卖就是不卖!"

这下徒弟没了辙，只好走回师傅那里去，对师傅说："师傅，他们还是不肯卖。"

师傅问他："出过价吗?"

"他们说一百两银子也不卖。"徒弟一边说一边心想：师傅这下一定死心了。

想不到师傅脸上却露出了笑容，夸徒弟说："好，有进步，这是收宝第一步，他们出价了。不过，既然他们说一百两银子也不卖,那咱就用一百零一两银子去把它买了来。"

于是,徒弟又一次走进茶馆,对掌柜说:"掌柜的,刚才老板娘说了,这只小彩瓶一百两银子也不卖,那一百零一两银子,你们卖不卖?"

没等掌柜回话,老板娘气呼呼地大叫起来:"你没看我们正忙着吗,瞎搅和什么呀?去去去,赶紧出去!"她边说边就走过来,硬是把徒弟推出了店堂。

徒弟一脸委屈地走到师傅面前,说:"师傅,算了吧,人家都把我赶出来了,他们一定不肯卖的。"

师傅耐着性子问徒弟:"他们怎么说了?"

徒弟就把刚才在店堂里的情形一五一十地说了一遍。

谁知师傅听了却连声叫好,笑着说:"看来他们已经动了气,说明这东西我们马上就可以到手了。你再去跑一趟,再加它一两,就说用一百零二两银子,去把它买了来。"

"那……"徒弟挺为难地说,"师傅,他们这会儿正忙着哩,要不我过会儿再去?待他们忙完了,你和我一起去。"

"这你就不懂了。"师傅诡秘地推了徒弟一把,"你还是自个儿去,就是要现在去,直接对老板娘说。听我的没错,这回你一定能把事儿办成。"

徒弟不知道师傅葫芦里卖的什么药,又不敢多问,只得硬着头皮又一次走进茶馆,走到老板娘跟前,对她说:"你们一百零一两银子不卖,一百零二两卖不卖?"

老板娘见徒弟今天老是缠上门来,一肚皮火气直往上冒,她狠狠瞪了徒弟一眼,只管怒气冲冲做自己的事情,不理睬他。

徒弟以为老板娘没听明白,就凑上去大声说:"你们一百零二两银子卖不卖?"

只见老板娘脸涨得通红,猛一转身,"噔噔噔"快步走到柜台前,捧起搁板上那只小彩瓶就朝店门外扔,只听"砰"一声响,小彩瓶顷刻间就被摔得粉碎。

老板娘气呼呼地瞪了徒弟一眼："喏,一堆垃圾,你去买吧!"

徒弟顿时傻了眼,吓得脸刷白,只好悻悻地回到师傅身边。他结结巴巴地把经过情况给师傅说了一遍,心里直叫苦:"师傅呀师傅,这件事你可真是弄巧成拙了。"

可他万万想不到,师傅听完以后竟哈哈大笑起来:"好,太好了!你现在就去捡这个垃圾。"

徒弟简直不敢相信自己的耳朵:"师傅,那小彩瓶现在已经成了一堆碎片,你让我去捡,捡来还有啥用?"

师傅得意地笑着,说:"这只小彩瓶初看像子母绿这种玉,其实不是,它的颜色比子母绿鲜亮,是嵌戒指的上好材料,我们即使收来以后,也还要敲碎了才能用。现在这个结果,不正合我意?刚才一直让你出面去买,是不想引起掌柜的怀疑。唉,他们不识货,可惜了这么好的东西啊!经营珠宝这么多年,我还是第一次见到这种颜色哩。"

徒弟一听终于明白了个中因由,立刻飞一般向茶馆跑去。

师傅在他后面直叫:"你把银子带上,咱也不能亏了人家。"

(高善斋)

(题图:杨宏富)

百味鸡

　　"万家馆"是个小饭店,一个厨房,一个厅堂,饭店里没有什么华丽的装饰,平常得不能再平常了,可它却名震全城。为啥?只因饭店老板万有根将小饭店的招牌菜"百味鸡"做得绝妙,味道真是没得说,只要端上桌,那香味儿能把所有人的筷子都引到一处。

　　可万有根已经是个快要奔六十的人了,膝下没一个儿女,眼看着年纪一点点大了,他这绝活手艺传给谁去啊? 所以这两年不知有多少人慕名找上门来,想重金买他这手绝技,想高薪聘他去做大厨,甚至提着礼品想来认他做干爹。可不管对方使出什么花样,万有根一概无动于衷,这些人只好一个个扫兴而去。

　　不过他们心里不甘啊,所以表面上按兵不动了,私底下却天天盯着万家馆观察动静。

果然这天,他们发现万家馆新来了个干杂活的,一打听,原来这个打杂的有来头,也姓万,叫万来福,是城里"金来福大酒家"的老板,论厨艺也是个顶尖高手。前不久,万来福曾慕名来万有根的万家馆吃过一次百味鸡,吃得心悦诚服,回去后就暗下决心要学会这一招。但万来福知道,万有根绝对不会轻易答应这件事,于是就心生一计,乔装打扮成一个打工仔,化名阿来,来万家馆干杂活。

这不明摆着是来偷艺的吗?这些人得知真情,不由捂着肚子暗笑:嘿嘿,这下可有好戏看了。

再说万来福,进店以后始终少说话多干活,哪里脏哪里累就往哪里钻,只几天工夫,就赢得了万有根对他的好感。但也仅此而已,因为万有根在厨房里专门搞了一个封闭的灶间,做百味鸡的时候,根本就不让万来福进去,只有等做完之后,才让他帮忙打扫。

没办法,万来福只好趁打扫的时候,留心看万有根放在灶间里的那些作料,可并没发现有什么特别之处。不过他毕竟是干这行的,心里清楚:做菜的关键,很大程度上取决于放作料的先后次序以及用量。怎么才能得到这些秘诀呢?万来福暗暗动起了脑筋。

万来福注意到,灶间里那些作料是放在硬塑盆里的,他不禁灵机一动,提议万有根把硬塑盆换成不锈钢的,又结实又容易清洗。

万有根一听,点头道:"好,这个主意好,这些盆子用了多年,是该换了。"他当即就让万来福去办这件事。

按说,换盆就换盆呗,去商场买一套不就得了?谁知万来福却花了一个星期的时间,几乎跑遍了城里所有的商场。他为什么要费这么大周折呢?原来万来福配来的这套不锈钢盆子,里面大有文章,它们每一个厚度都不一样,因而敲击后发出的声音也各不相同。万来福在家里悄悄试验过多次,往盆里放上不同的作料后敲击,还让老婆在里屋敲,自己在外面听,分辨和熟悉它们不同的声音,又煞费苦心地在每个盆的里侧悄悄做上计量标记,然后才把这套盆拿去交给万有根用。

自打这以后,每次进灶间打扫,万来福就悄悄通过盆内侧那些只有他自己看得懂的标记,判断万有根怎么用料。加上灶间里用的是土灶,吹风机声音很大,万有根在里面一整个制作过程中怎么掌握火候,万来福在灶间外面只要稍加留心,就能猜出个八九不离十来,而且回家一试,果然味儿与那回在万家馆吃过的一样。

所以半个月之后,万来福就迫不及待地辞职走人了。

万来福满心欢喜地回到自己酒家,立刻打出了"万家百味鸡"的牌子。城里那些显贵挺爱吃百味鸡,就是嫌万有根的小饭店寒酸,现在见大酒家也做起百味鸡来,觉得既对了胃口又有了派头,于是纷纷光顾,每天晚上都把万来福的店堂坐得满满当当。

刚开始,万来福还有点担心,怕万有根会来找他麻烦,可几个月下来一点动静都没有,他一颗悬着的心便放了下来。

就在这时候,全市一年一次的精英厨师比艺大赛就要开始了,万来福觉得凭这道百味鸡,冠军宝座非他莫属,因为他知道,万有根是从来不参加这种比赛的。

果然,万来福在赛场上一路过关斩将,很顺利地就杀进了决赛圈。但让他万万没有料到的是,最后的对决,竟会是在他和万有根之间进行,而且两个人的决赛菜品都是百味鸡。

直到这时候,万来福才恍然大悟:怪不得万有根前阵子一直不吱声,敢情是在这儿等着自己呢。他不由在心里下了狠劲儿:我一定不能输掉这场比赛。

不过,万来福心里这么想着,见了万有根还是毕恭毕敬地叫一声:"万师傅。"

　　万有根在赛场上见了万来福倒也不吃惊,依然按着当初万来福在小饭店打杂时的称呼,叫他一声"阿来",说:"没想到,你是'真人不露相'啊!"

　　万来福一听万有根如此招呼自己,心里暗惊:莫非对方知道了自己真相? 赶紧叫了声:"万师傅!"干脆直截了当明说道,"自古以来,'偷艺'不算丑行,我也是凭本事才成功的,还望万师傅不要见怪。"

　　万有根大度地朝他呵呵一笑,说:"你是很有本事,今天就让我见识见识你的本事吧,究竟有多高。"

　　为公平起见,比赛现场被隔起两个临时灶间,谁也见不到谁。

　　半小时后,两道几乎一模一样的百味鸡先后出勺。评委们先品尝万来福的,个个竖拇指;接着又品尝万有根的,谁知入口后没一会儿,个个脸上的表情就凝重起来。

　　万来福看在眼里,喜在心里:看来今天自己是稳操胜券了。

　　揭晓的时刻到了,一个胖胖的评委代表评委会走上台去,对万来福和万有根的两个参赛作品分别作了点评,最后总结说:"万来福先生的百味鸡,色香味俱佳,称得上是同类菜中之精品。"万来福一听,心中不免暗自得意。

　　谁知胖评委又突然话锋一转:"不过……万有根先生的百味鸡又高出一筹,不仅味儿鲜美,更有一缕清香押后,让人回味无穷。所以,评委们一致通过,此次大赛冠军,是万有根先生。"

　　评委会一锤定音,万来福输掉了比赛。

　　正当万来福耷拉着脑袋走出赛场的时候,万有根从后面赶了上来,微笑着招呼他说:"怎么,没想到吧?"

　　万来福连忙摇头:"不不不,万师傅,再怎么说,这道菜你是原创,冠军……冠军当然是你。可……可我有点想不明白。"他说到这里停下了脚步,"我的做法,用料和火候,应该都和你一样呀,我差在哪里呢?"

"哈哈哈!"一声大笑过后,万有根对万来福正色道,"我先给你讲个故事吧。百味鸡其实也并不是我们万家原创,它起源于民间,是我太爷爷把它发扬光大起来的。我太爷爷当年也开了个小饭馆,后来却贪图浮名,进宫做了御厨,一度风光无限。可伴君如伴虎呀,不久皇帝吃腻了百味鸡,自然就冷落了我太爷爷,我太爷爷心里愤愤不平,于是就在背后说了些不恭的话,传到皇帝耳朵里,最后落得个身首异处的下场。"

说到这里,万有根拍拍万来福的肩膀:"说实话,你当初换盆的把戏我早看出来了,我是故意让你学的,可最关键的一招,你没有学到手呀!"

"什么……万师傅,你原来早看出来了? 那……"万来福如坠五里雾中。

万有根朝万来福点点头:"你什么也别问了,跟我回店里去,我给你看一样东西。"

两个人于是就回到了万有根的小饭店,从后门径直走进厨房里那个神秘的灶间。万有根打开一个木箱,从里面拿出一把乌黑的木勺,递给万来福。

万来福刚接过手,立刻就感觉有一股清香扑鼻而来。

万有根告诉万来福:"现在的厨师一般都用金属手勺烹饪,可是你想,这百味鸡当初来自民间,是贩夫走卒、逃荒叫花子们创出来的菜肴,他们平时生活中哪有那么好的厨具? 一把木勺已经很不错了。看,这一把是枣木勺。"他说着,又从木箱子里拿出好多把,"这是桃木的,这是桑木的,这是花椒木的,这……"

"啊……我知道了!"没等万有根说下去,万来福就若有所悟地大叫起来,"入口以后的那一缕清香,就是由这些木勺带来的!妙,妙,真是妙极了! 万师傅,我当时只顾研究你作料的用量和火候的掌控,没想这玩意儿里面竟大有文章啊!"

可说着说着，万来福又打了愣神："万师傅，既然你本来一直用木勺和硬塑盆的，为什么还要采纳我的提议，改用不锈钢盆？你故意让我掌握用料和火候的诀窍，而且现在还把这天大的秘密告诉我，你……"

万有根没有言语，领着万来福径直走进前面厅堂，只见那里座无虚席，不过都是一些携家带口的平民百姓，甚至还有附近工地上的建筑工人，从乡下赶来的农民，一个个、一伙伙，在那里正吃得欢呢。

万有根指着他们，轻轻对万来福说："阿来，其实用什么勺子还不重要。你想，这百味鸡虽是菜中精品，但也不是十全十美，总有可以不断改进的地方，而最懂味道的，就是他们，根据他们的意见不断改进，菜的味道才会越做越受欢迎。你做菜是为了你的功成名就，而我是一心往他们中间走，我只有一个心思，就是要不断提高厨艺，让他们吃好、吃高兴。厨师要有厨德，我们可都不要学我太爷爷只贪图浮名呀……"

听了万有根这一番肺腑之言，万来福沉思良久，感慨道："万师傅刚才所说，是我一生都学不及的呀！可你明知我是来偷艺的，为什么还要这么教我呢？"

"呵呵，"万有根笑道，"我何尝不想把我这手艺传下去？实话对你说了吧，这几年，我一直在寻找一个有德行、有灵性的徒弟。你来了之后，虽说做的是打杂的活，可我一眼就看出你是个厨师的料，我也悄悄打听过你，知道了你的底细之后我就决定将计就计，先给你机会，让你学艺，再通过这次比赛教你德呀！"

万来福没想事情竟会是这样一个真相，他感动得泪如雨下，双手抱拳，单腿跪地，恭恭敬敬地对万有根说："万师傅，徒弟我给你行礼了！"

（李　健）

（题图：杨宏富）

发财靠绝招

　　陈默读初中时，生了一场怪病，病好以后就成了哑巴。书是不能继续读了，家里帮他找了个到街头发传单的工作。

　　那传单上是房产公司的租房信息，发传单不用说话，只要把单子往过路人手里一塞就行，虽说挣不了几个钱，可总比闲在家里强。

　　这天天色渐晚，一个漂亮女人从陈默面前走过，浑身上下珠光宝气，陈默于是就一个箭步蹿上去，把传单往那女人手里塞。那女人好像在想什么心思，一下子没反应过来，被吓得惊叫一声，直往后退。陈默一看自己吓着人家了，赶紧"咿咿呀呀"地比划着向人家道歉。

　　女人打量了陈默一眼，问道："你真是哑巴？"

陈默点点头。

女人看到陈默点头,立刻像捡了宝贝似的,高兴地问:"你能听见我说话?"

陈默又点点头。

女人眼睛一亮:"那你认字吗?"

陈默心想:自己也算读了个初中,可现在却落得个在这里发传单的下场,说出来真是丢人啊,于是就把头摇得像拨浪鼓。

可谁知他这一摇头,女人的脸马上笑成了一朵花。她压低声音对陈默说:"小兄弟,遇上陈姐我,你走运啦!我正准备开家皮鞋专卖店,缺个营业员,月薪一千元,干得好,我还会发奖金给你。你干不干?"

陈默眼睛顿时瞪得老大。为啥?怪了,那些能说会道的漂亮小姐都找不到这样的美差,这个陈姐怎么偏偏就看中了我一个哑巴?莫非她是在设什么骗局?

不过陈默再转念一想:自己一个穷哑巴,有啥值得骗的?想到这里,他把个脑壳点得像捣蒜似的。

"好、好!看得出来小兄弟是老实人,我不会亏待你的,你放心。"陈姐边说边打开手里的小坤包,从里面掏出几张钞票,塞到陈默手中,"这五百元算是定金,你去置身像样的行头。明天下午,你在这里等我,我带你去看门面。陈姐信任你,你可不能让陈姐失望哟!"说完,就踩着碎步走了。

长话短说。第二天下午,陈默伸长脖子等来了陈姐,随后就跟着她去看门面。陈默原本寻思,这女人工钱给那么高,选中的一定是市口好的气派门面,可谁知到了地方一看,才发现那里竟只是一间小屋,说白了就是郊区一所黑乎乎的小平房,怎么也不像是做生意的地方,甚至根本连门面都称不上,可店门口却挂了一个非常大的灯箱,上面写着六个斗大的字:男士皮鞋专卖。

走进平房,陈默发现里面也没有任何装饰,只摆着一个货柜,上面都是大小不一的男式皮鞋。不过让陈默奇怪的是:这些皮鞋都是一样的品牌,一样的款式,甚至连颜色都差不多。再打量,他又看到柜台后面放着一张临时搭起的钢丝床,其余地方则堆着一只纸箱,估计里面装的也都是皮鞋。整个平房里,搞得简直就像个杂货铺似的。

陈默从来没见过有这么做生意的,他心想:这个陈姐,不赔死才怪!

陈姐似乎看出了陈默的心思,笑嘻嘻地说:"放心吧,你别小瞧我这鞋店,你等着,看我陈姐怎么大把赚钱。我告诉你,这儿一共有三百双鞋,每双你卖三百元,少一分也不行。白天你尽管关门睡觉,晚上九点以后开门营业,记住,别忘了先把灯箱开亮了。有没有生意别放在心上,发财靠的是绝招。"

陈默一听,这不是瞎折腾嘛,哪有这样开店的? 他心里可迷惑了,陈姐走了之后,他闲得无聊,于是就拿起货柜上的皮鞋看。不看还好,一看他更糊涂了:如此质量的鞋子,不就是像自己脚上穿的? 一双顶多也就是五十元左右,现在陈姐居然关照一双要卖三百元,鬼才要哩!

陈默不知道陈姐做的是什么生意,可想想一千元的月薪,决定做一阵再说。就从这天开始,他每天白天睡觉,晚上九点准时开灯箱营业,眼巴巴盼着顾客来。可二十多天过去了,没有一个顾客上门,那皮鞋自然也一双都没卖出去。

小平房不远处是个娱乐城,陈默望着那里闪闪烁烁的霓虹灯直发呆,头都想大了,还是弄不明白陈姐的发财绝招到底在哪儿。自打那天她带陈默来小平房之后,就再也没来过,陈默猜想那女人可能是钱多得没地方使,折腾着玩,看来自己这份差事也干不长。唉,反正干一天是一天吧,多少总可以拿到点钱啊!

正当陈默心灰意冷的时候,这天深夜,陈姐突然开着车来了,进门就说:"等会儿会有很多人来抢购皮鞋,他们再急着买,你也不要慌,别把钱弄错了。记住,三百元一双,少一分钱也不卖,省得找零出错。"

说完,陈姐掏出手机到门外去不知给谁打了个电话,回来又对陈默说:"我还有事要办,先去一会儿,等你卖完了鞋我再来。"

陈姐一副女诸葛的派头,不由得陈默不信,可问题是陈默到门口四处张望,却一点动静也没有,就门口那个大灯箱傻呵呵地亮着。陈默坐在柜台后面等啊等,等了好久也没人来,他忍不住打起瞌睡来。

也不知过了多久,一阵嘈杂声把陈默惊醒了,他睁眼一看,吓了一跳,一群男人洪水似的涌进鞋店,远处好像还有人在往这边奔,像赶集似的。

"有40码的鞋吗?"

"我要41码的!"

"39码有吗?快给我拿一双!"

这些人进店后就争先恐后地抢着买鞋,根本不问陈默价格,只嚷嚷着报自己要的鞋码大小,拿到后慌慌张张地往脚上一套,扔了钱就走,那速度快得简直就像在搞军事演习。

无意中,陈默突然发现,不知为什么,他们个个光着脚,他愣住了。

最好笑的是,最后卖剩下的一双43码大鞋,却被一个小脚男人宝贝似的抢去往脚上套,可一抬脚那鞋就掉下来。只见小脚男人急中生智,从地上捡起几团纸就往鞋里塞,然后脚再往鞋里一伸,扔下钱就一溜烟地跑了。

只不过大约半个小时,三百双皮鞋竟被统统抢购一空。最后有几个人见货柜里的皮鞋都卖空了,急得像没头苍蝇似的在小平房里团团转:"糟了,糟了,附近哪还有鞋店,怎么办?"

陈默知道后面那些堆着的纸箱里还有鞋,但没有陈姐发话他不敢自作主张,所以只好硬是关了店门。望着满满一铁盒子刚刚收拢来的钞票,他心口"怦怦"直跳,就像做了一场梦。一清点,半个小时,他足足收进来七万多元钱!

就在这时,陈姐来了,一看陈默惊呆了的样子,轻描淡写地说:"别发傻,这点钱算什么,你赶快休息,明天先把后面纸箱里的鞋拆了上货柜。哼,明天是星期天,生意会更好!"

陈默不知道陈姐葫芦里卖什么药,但今天的事实摆在面前,他算是服了这个女人了。

第二天早上,天还没大亮,陈默就被一阵急促的敲门声惊醒,他开门一看,只见门口放着几个鼓鼓的大蛇皮袋,也不知陈姐是从哪儿弄来的。

陈姐让陈默把蛇皮袋拖进店里,把里面的东西倒出来。陈默一看,原来全是一只只七零八落的旧皮鞋,鞋面脏兮兮的,有的上面还有杂乱的鞋印。陈默以为陈姐要卖旧鞋,扯了块布就想把它们擦干净,却被陈姐拦住了。

"千万别擦,"陈姐关照陈默说,"这鞋现在什么样,卖出去还得是什么样。"

陈默不解,比划着问:"这是干啥?是卖鞋呢还是收破烂?"

陈姐指着地上的鞋说:"今天就卖这些,还是每双三百元,一分不还价。我估计你中午之前就能卖完,现在我先走了,中午过后我会再来的。"

陈默一听,眼睛差点瞪直:除非这些鞋是文物,要不,三百元一双,谁买谁有病呢!

可这事情还真是神了,陈姐走后没一会儿,真就有顾客探头探脑地来了,说是要买鞋。不过,和昨天不一样的是,今天找上门来的全是女人,个个打扮得漂亮,可个个都阴沉着个脸,她们捂着鼻子,在一堆臭鞋中找来找去,看上去"吭哧吭哧"地都快要喘不过气来的样子。

更让陈默莫名其妙的是:若是有谁好不容易找着了一双,就会气鼓鼓地扔下钱,拿鞋走人;倒是那些没找见影儿的,反而一脸喜气。陈默真看不懂她们:这些人中什么邪了?

将近中午十一点多钟的时候,地上的皮鞋已经被一拨拨女人找得没剩下多少了,陈默清点一下,这一上午他一共收进了将近九万元。

就在这时,陈姐又来了,一看地上被挑剩下的那些零零落落的鞋,陈默一副傻呆呆的样子,笑得腰都直不起来了,她对陈默说:"你不知道,今天中午这些女人家里会更热闹哩!嘻嘻,咱们哪,就换别的生意做啦!"

陈默惊诧得张大嘴巴,一个劲地直比划。

陈姐笑着说:"我知道,你的意思是问我,这么好的生意为什么不做了,对吧?傻兄弟,这生意不长久,明儿开始,我们做更赚钱的生意。"

陈默一听,半信半疑:难道还有什么生意比这更容易赚钱的?

不一会儿,陈姐已经将钞票清点完了,她扔给陈默二千元,说:"这是你的工资和奖金,下午放你半天假,出去转转吧。"

陈默惊讶得伸出去接钱的手抖了起来:想不到就昨儿一晚上加今儿一半天,就一下拿到这么多钱,真不知道自己凭的什么?不过转而一想:嘿,管它呢,有了钱就好好犒劳犒劳自己呗!于是当天下午,他就去菜市场割肉买鱼。

自打来平房以后,陈默还没怎么出过门,所以菜市场到底在什么地方他摸不着北,于是便一路走一路打听。可结果呢,菜市场还没走到,而不经意间看到的一个个"广而告之",却让他大吃一惊。

原来这些广告都是同一个内容,上面写着:昨晚警方接到举报后,立刻对南郊娱乐城进行突击检查,发现那里普遍存在跳脱衣舞现象,很多男士还脱鞋上台与之共舞,待警察进入后就仓皇逃窜,踩掉的鞋丢了一地。如果你的家人昨夜晚归,并且穿了新鞋回家,那他很可能就是这些逃窜者之一。想抓住他鬼混的证据吗?请于今天上午去南七街男士皮鞋店寻找他的旧鞋,机不可失!

看了这些小广告,陈默方才明白陈姐昨晚和今天上午玩的是什么把戏了。他不由倒吸了一口凉气:这个女人,使的招也太狠了点吧?这不是要那些男人小命吗?难怪她停手,这生意当然是做不下去了。

不过当陈默在菜市场里转了一圈后再回到店里时,他发现小平房门口的招牌已经换成了"男鞋出租店"。这回陈默脑子转得快了,一想就通:对呀,那些男人去娱乐城之前干脆先在这儿租双鞋换了再去,以防万一嘛。陈默真是从心底里佩服陈姐:她怎么会想得出用这种办法来赚钱做生意的?

陈默走进平房,看到陈姐正在里面忙着,货柜上已经放了三百多双杂牌鞋,每双鞋后跟上都印着"男鞋店"几个小字。

陈姐见陈默回来了,就吩咐他说:"从明晚起对外营业,每双鞋出租费二十元。"

陈默当然不再问原因,只等第二天开业,结果生意果然好得不得了,天天都有四五千元的收入,一个月进账十几万,真是一本万利呀!不过陈默也觉得奇怪:这么好的生意,怎么周边就没一家跟着做呢?要放在城里,早学样了。

这天晚上,有两个已经喝得东倒西歪的顾客,摇摇晃晃地走进小平房来,其中一个胖得像坦克模样的人大着嗓门朝陈默叫道:"租……租两双鞋。"

陈默正要帮他们去拿,只听"胖坦克"旁边那高个操着外地口音不解地问:"咱们不是说好就去玩玩的吗?干吗还要租鞋?"

胖坦克警惕地瞅瞅身后,见没别人,踮起脚尖凑近高个的耳朵,神秘地说:"你有所不知,咱要是不租这鞋,就是自找苦吃呀。"

高个脖子一粗:"不租咋的啦?"

胖坦克瞥了一眼陈默,朝高个眨眨眼睛:"你别看这租鞋的是个哑巴,他老板本事可不得了,这女人神通广大,只要她这店里生意一差,那边娱乐城就不太平。老弟,咱这是花小钱替自己买平安,值!"

胖坦克说着,凑近高个道:"这女人招招都他妈的绝,你知道她为啥找个哑巴来看店?"

高个眼珠都翻到眉毛上了,还说不出答案。

胖坦克没开口先就"扑哧"笑出声来:"哑巴不会说话呀!这发财的招,能随便对外说吗?"

陈默一听,终于恍然大悟,明白自己凭什么能找到这么个美差,原来那女人是要找一个既说不出又写不出的闷主儿。陈默不由偷偷乐了,脑子里突然一亮,他寻思着:自己这回也该发点小财啦!

等晚上陈姐来盘账时,陈默突然拿出一张纸片和一支笔,"刷刷刷"写下一行字:你能给我加工资吗?

"怎么,你居然认字? 还能自己写?"陈姐吃惊地看着陈默,傻了眼……

(袁 翼)

(题图:魏忠善)

王小二是个个体户，眼瞅着小县城的装修生意越来越红火，他坐不住了，想杀出去捞一把。有个卖涂料的朋友力邀王小二入股，还把"钱途"吹得天花乱坠。可王小二却有自己的想法，他心里始终记着一个关于"淘金和卖水"的经典故事：大家都去淘金，往往都淘不着金；而卖水的少，反而可能赚个饱。

王小二一合计：现在卖涂料的人太多，还不如开家卖刷涂料刷子的店来得实惠。果然，这一步被王小二走对了，小城里大家的眼睛都盯在卖涂料上，只有王小二开的这家店卖刷子，所以尽管他的店开在城北，生意却好得不得了。

不过好景不长，王小二的刷子店生意红火了不久，突然有一天，只一夜间，街上就开出了多家刷子店，小县城里的刷子生意一下就陷入了恶性竞争。这下王小二急了，好几个晚上都梦见自己不是睡在床上，而是睡在刷子上。

这天，王小二在报上看到一条新闻，说本县已经开始对街头广告，即所谓的"牛皮癣"进行根治，并引进了一整套"呼死你"电子设备。他顿时眼睛一亮，猛拍大腿说："嘿呀，商机来啦！"

这呼死你，是一套电话自动追呼系统，只要在电脑里输入违章电话号码，呼死你系统就会对那些号码进行二十四小时不间断轮番拨打，并发出语音通知："你在城区乱涂写、乱张贴、乱散发广告，违反市容管理规定，请到城市管理行政执法局接受处理。"直到对方无法忍受，关机为止。

王小二当即就上街，在大街小巷的电线杆上、公厕内、居民住宅小院的墙壁上，撕下一张又一张牛皮癣，回店里后仔细地看。天哪！这里什么垃圾广告都有，制作假文凭的，疏通下水道的，帮忙人工流产的，包治性病的……

王小二试着按上面写的，拨了一个包治性病的电话，那头立刻传来一个嗲声嗲气的女人声音："喂，先生是不是有什么难言之隐？没关系，只要您选择了我们，就保证一切搞定，重振您男子汉的雄风。不信，您可以来我们这儿试试。"王小二发火了："要试你自己试。现在你给我听着，你东窗事发了！""你……你……"女人立刻愣在那里了。

随后，传过来一个男人的声音："兄弟，你别吓唬人，我们又没做什么见不得人的事。"王小二喉咙更响了："你还说你们没做亏心事？我告诉你，你们到处乱贴垃圾广告，现在城管大队要拿你们是问。你赶紧到我这儿来一趟，否则后果自负！"王小二给了对方一个他刷子店的地址，然后"啪"把电话挂上了。

没两分钟，一个陌生男子就匆匆出现在了王小二的店里，疑惑地问："这儿好像……不是……不是城管大队吧？"

"当然不是，但我是负责向他们举报的，现在上面管得严，正要抓几个典型来狠狠治一治。你就是那个治性病的?"王小二故意摆出一副威严的样子。

那男子一听,赶紧朝王小二点头:"是是是,我就是。"来者心虚,自然不敢和王小二争辩,还掏出一盒"中华"烟递过来。

王小二朝他摆摆手,说:"你不用来这一套,现在城管局决定对你们这些乱贴广告的人实行'呼死你'计划,先看看这个报道吧。"王小二说着,把他刚才看的那份报纸往男子手里一伸。

男子一目三行地看完报道,满脸堆笑地对王小二说:"我们不对,是不对,还请你……请你多多帮忙。"

王小二瞥他一眼:"怎么称呼?"

男子点头哈腰道:"鄙人姓邢,邢……邢大头。"

王小二一听,心里就想笑,说:"好,邢大头,我问你,你是想认罚呢还是想认打?"

邢大头眨眨眼睛:"我的妈呀,我们钱没赚着几个,这后果还这么严重?"

"那当然,"王小二说,"你以为这是小事呀?破坏市容形象,影响公共卫生,这罪可不轻呀!认罚嘛很简单,去城管大队交五千块罚金,由他们派人清理;认打呢也简单,念你初犯,你雇人也好,自己上场也好,总之得在一个小时之内,把你们在公共场所贴的所有垃圾广告,统统都清理干净。"

邢大头一听,认罚、认打原来是这么回事,立刻就说:"认打,我们宁可认打。大哥,你真够意思。"

王小二问他:"那你老实说,你们一共贴出去多少广告了?"

邢大头摸摸脑袋:"嘿嘿,没多少,没多少,就只在县城那些电线杆上贴了。"

"不止吧?"王小二瞥了他一眼,"你闻闻我刚撕来的这张,一股尿骚味!"

"大哥,你可真厉害,"邢大头不好意思地咧了咧嘴,"我们在公厕里也贴了一些。不过，别的地方还真没贴过。"

王小二慢条斯理地说："我不管你们贴没贴，反正贴过哪儿了你们自己心里有数，只要限期清理完，就没你们的事了。"

"谢谢大哥，谢谢大哥，我们这就去清，这就去清。"邢大头鸡啄米似的点头，临走前，还没忘把那包中华烟放在王小二桌上。

王小二赶紧叫住他："你就这么走了？我问你，一个小时要清完那么多垃圾广告，你有孙猴子本事呀？"

"那，大哥的意思……"邢大头愣住了。

王小二看着他，说："你多叫几个人，多准备几把好刷子，要不你们怎么整？这烟我也抽不来，你拿走。你真要记我的情，就从我店里多买几把刷子回去，清理那玩意儿，用我这刷子保准又快又干净。"

"行，"邢大头自然爽快地点头，"你说个数。"

王小二说："按市场价，五元钱一把，我估摸着你没个四五十把不够。"

"中，我就买大哥五十把刷子。"邢大头很大气地掏出二百五十元钱，从王小二店里一下拿走了五十把刷子。

望着邢大头远去的背影，王小二心里可得意了，于是就依葫芦画瓢，按着牛皮癣广告上的号码，逐个把电话打了出去，于是他店里就走马灯似的来了一个又一个人，每走一个，手里都捧着一大捆刷子。

不一会儿，王小二店里库存的刷子就卖了个精光。

于是，全城的老百姓很快发现了一个奇怪的景象：很多人拿着同样的刷子，在大街小巷清理垃圾广告。记者们闻讯纷纷赶去采访，可奇怪的是，不管问到哪一个，都不肯开口。

最后有个民工告诉记者说："反正有人雇我们，我们就来了。"

记者当然穷追猛打："雇你们的人是谁？"

　　民工说:"我们哪知道是谁? 不过,听说我们用的这刷子都是从城北王小二刷子店里买来的。"

　　记者一听,有线索,立刻去城北找王小二。

　　面对记者采访,王小二心里不免紧张起来,说:"我没什么招,净化公共环境卫生,这是每个人应该做的。当然,如果要论功行赏的话,那个呼死你还真是功不可没啊!"

　　记者一听,如获至宝,第二天,关于呼死你和王小二刷子的新闻,就上了当地报纸的头版头条。看着自己大大的照片被登在报上,王小二没法不笑啊!

　　可还没等他缓过高兴劲儿来,城管大队就嗅出了其中的味道,他们主动找上门,对王小二说:"经过调查,我们发现你滥用呼死你,冒充我们城管人员进行非法交易。但鉴于你的行为已经间接地起到了一定的积极作用,我们决定对你从轻处理,只没收你的非法所得,作为处罚。"

　　天哪! 好不容易想办法把店里的库存出清,却白白费了心思,王小二的心一下子掉进了深渊。不过说来也怪,这事儿传出去不久,他店里的生意竟异常火爆起来,很多人有事没事地就专门来城北他店里转悠,瞧瞧这个间接为县城环境卫生事业做出过贡献的倒霉蛋,顺便也买把刷子回去。

　　而邢大头那些人呢,也成了王小二店里的常客。为什么? 邢大头说:"王老板虽然方法不对,但我们却挺感激他的。你想呀,如果没有他,我们哪知道有呼死你这玩意儿? 等哪天城管找上门来,那我们损失的可就远不止买五十把刷子的钱了。再说,当初王老板完全可以趁机敲我们一笔的,可他没有,卖刷子的钱都是按市场价算的,一分没多收,就连我送的中华烟,他也叫我拿回去。这样的好人,现在可不多呀!"

(葛琛辉)

(题图:安玉民)

帮老婆看店

　　这天，老婆要去服装城进货，就叫丈夫高智看会儿店。

　　高智平时做事有点木讷，老婆不放心，可是又舍不得关店门停生意，所以临走前对高智千关照万关照，说万一有顾客来买衣服，就按牌价收钱，千万别搞乱了。

　　老婆走后不久，店里来了一个胖胖的中年女人，在店堂里转了一圈，指着角落里放着的一堆粉色无领衫，问高智："这卖多少钱一件？"

　　高智一看愣住了：这是老婆昨晚才进的货，还来不及上牌价，而且刚才走得急，怎么卖她也没交代。

　　可高智不好意思说"不知道"，眼一瞥，看到旁边一件有领子的长袖衬衫标价是六十元，他想：有领子的卖六十元，那没领子又少袖子的,总该便宜点才对。于是便回答说:"五十元。"

胖女人眼一瞪:"无领衫也要卖这么贵? 三十元卖不卖?"

"三十元?"高智想想:领子、袖子都没了,这衣服不就只剩一半了么?"好吧,三十元就三十元。"

胖女人于是就付了钱,拿着无领衫喜滋滋地走了。

可谁知不到半个时辰,她又折回来了,后面还"唧唧喳喳"跟着一帮女人,进门就嚷嚷:"老板,把那些无领衫统统拿出来,老娘们给你全包了,你就等着向你老婆领赏吧!"

女人们一边说,一边就嘻嘻哈哈地自己动起手来,只一眨眼的工夫,那角落里堆着的无领衫就被她们扫了个精光。付了钱,拿上衣服,这帮女人心满意足地走了,店堂里这才安静下来。

一会儿,老婆进货回来了,高智得意地对老婆说:"你昨天才进的无领衫,我今天就帮你全卖光啦!"

"什么?"老婆急了,"你卖多少钱一件?"

"三十元。"

老婆一听,"哧溜"一声跌坐在地上,呼天抢地地哭喊起来:"你这个天杀的啊,我一件无领衫进价就得六十元,你却一半的价给卖了,我这是亏死了啊!"

左邻右舍听到哭声,都跑来看热闹。

这时候,只见老婆"忽"地从地上跳起来,拉上高智就走。

高智慌了:"你干啥去?"

老婆说:"找她们补钱去!"

老婆在这条街上开了好几年店,听高智一说那胖女人啥模样,就知道是哪伙人了。

可胖女人才不会轻易买账哩,理直气壮地说:"卖出的货就像泼出的水,哪有再补钱的道理?"

老婆不罢休,拉着高智沿街敲开一家家的门,要那些女人补钱。可忙了大半天,不但一分钱没讨回来,反而是高智卖无领衫的事被当作笑话,传得更开了。

按说老婆吃一亏、长一智,以后再去进货的时候,就不会再让高智替她看店了吧?可是不然,高智帮老婆看店的次数反而更多。这一来,往往是高智老婆前脚刚走,那帮女人后脚就蜂拥而入,她们平时就相中了自己喜欢的衣服,故意趁老婆不在,狠着劲儿从高智手里把价"杀"下来。

所以,每次老婆回来,店堂里总能传出她数落高智的声音,而这时候,那帮买过衣服的女人就特别开心。可她们哪里知道,每天晚上老婆和高智关起店门"哗哗哗"数钱的时候,老婆的眼睛就笑得眯成一条缝。

高智冲老婆说:"你呀,应该去当演员。"

老婆朝他撇撇嘴:"你啥意思?"

"啥意思?就说那无领衫,你进价一件才多少钱?"

"你说多少钱?"

"嘿嘿,你以为我不知道?我就知道你是拉着我在做不花钱的广告。你以为我真那么弱智?要我说呀,那些买东西的女人,才真正弱智呢!"

(赵　风)

(**题图**:史　琦)

鸡腿的味道

老张在巷子口开了个杂货店,卖点香烟、汽水什么的贴补家用。老张的孙子爱吃洋快餐店的炸鸡腿,可一个炸鸡腿七块钱,老张要卖掉一条香烟才赚得到。不过老张宝贝孙子,隔三岔五地就带着他走进洋快餐店那扇明晃晃的玻璃门。

可是有一天,老张从报上看到一篇文章,说胖墩大多与洋快餐有关,炸鸡腿热量高,又没营养,还催性早熟。老张看看报纸,又看看孙子一天圆似一天的小脸儿,不禁支着下巴出了神。

当晚,老张跑到菜市场,买了一只新鲜母鸡回家,洗干净之后就斩下两只鸡腿,开锅油炸。凭当年在炊事班做麻油鸡的技术,老张做了一道"油卤鸡腿":先用油氽二三分钟,让鸡腿过油,却又不炸得干巴,保留了鸡肉的鲜嫩,然后再浇上熬好的芝麻粉料,放进盘子。

孙子放学回来,闻到香味儿就吸着鼻子直奔餐桌:"爷爷,今天买炸鸡腿了?"他一边问,一边就迫不及待地抓过那油卤鸡腿,连撕带咬,三口两口全吃进了肚子里。老张一看乐了:"这鸡腿好吃还是洋鸡腿好吃?"孙子抹抹嘴,立即表态:"这个好吃!"于是连着几天,老张天天都给孙子做油卤鸡腿,虽然费事儿,可省了不少钱,孙子还吃得特香。

这天放学,孙子把两个小伙伴领回家来,拉着老张说:"爷爷,给他们吃你做的鸡腿!"原来,孙子在学校跟同学摆谱,说:"你们喜欢的炸鸡腿我早就不吃了,那东西才没有我爷爷做的好吃呢!"一帮孩子抬起了杠,其中两个馋嘴的放了学索性就跟着上家来了。没办法,老张只得去紧急采购,回来后赶紧忙活,让这几张小嘴张张吃得油光光,开心得小脸乐成了花。

这事过去了没多久,一天,忽然有个妈妈领着她儿子找到老张店里,劈头就问:"我们家孩子是在你那吃的鸡腿?"老张吓了一跳:难道我做的鸡腿有问题?那妈妈赶紧解释:"我儿子回去天天吵着说,你那鸡腿做得好吃,我今天是特地过来请教的,想问问你是怎么做的,我回家也学着试试。"

老张一听愣住了,忽而眼睛一亮,呵呵笑道:"从明天起,我每天下午在这门口支个摊,专卖那种鸡腿,不但又便宜又好吃,而且保证卫生,你来买就是了,不用自己忙活。"

果然,第二天下午,办理好营业许可证的老张在他的杂货店门口摆出了摊子,专卖油卤鸡腿,模样儿不说,光那芝麻粉料的香味儿,就让过路人纷纷驻足。老张卖的鸡腿价格不贵,三块一只,结果天还没黑,他一上午精心做出的三十只鸡腿就全卖光了,连打算留给孙子的一只,也硬是被人家买了去。

很快,老张的油卤鸡腿就出了名,生意也越做越大,每天都能卖掉上百只,媳妇下岗之后也来帮忙,两个人都忙得额角起烟。

　　而那些买鸡腿的人呢，也常常在等出锅的时候买张报纸看，捎带着在老张的店里买包烟什么的，这一来，杂货店的整体营业额直线上升。三个月下来，老张一家的日子渐渐滋润起来了，老张于是就让儿子媳妇赶紧给孙子报名上学习班，又练钢琴又学书法，小孙子进进出出可神气了。

　　生意一做大，老张的名气就传出去了，关于他的烹饪手艺说法也多了，到后来简直传得神乎其神，有说他是在部队时给将军下厨学来的，有说是他从一个老乞丐那里得来的配方……总而言之是越传越离奇。最后，连媒体记者也惊动了，找上门来的那些记者一个劲地追问老张，到底在制作过程中有没有用什么秘方。

　　老张笑着回答说："我哪有什么秘方？只不过就是用料尽心罢了，不信你们自己可以回家试试：买新鲜的鸡腿；芝麻在熬油前一定要仔细选过；香料也一定要细筛了之后再磨成粉；至于炸鸡腿的油，我都是只用一回的。每天做，我都把它看成是给自己孙子做，如此而已啊！"

　　记者们听了频频点头。临走时，他们给老张提了个建议，说："你的这个经营思路真是值得好好宣传，不如以后就给鸡腿起个名儿，叫它'小孙子鸡腿'吧！"

　　老张若有所思地点头。

　　第二天，老张将一个醒目的灯箱挂在了他的杂货店门口，灯箱上是五个醒目的大字：小孙子鸡腿。而关于"小孙子鸡腿"的经营思路，经媒体一宣传，立刻就在全城传开了，经济学家甚至还以此作为一个营销的成功个案来进行分析。

　　据说，老张后来在市里开出了六家分店，他现在已经完全有能力带孙子去城里任何一家餐馆吃饭，可孙子还是只爱吃他做的油卤鸡腿。

（林承业）

（题图：魏忠善）

左 道 旁 门

从商之道在于长久信义,单凭些歪门邪道,恐怕赚得了一时,欺不了一世。

生财有道

　　只要是劳动致富，不走歪门邪道，能发财总是好事。不过江宇却没有发财的运气，大学毕业三年，换了几家公司，都不过是温饱而已，最近更是不妙，公司裁员，老板叫他挟了皮包滚蛋，所以这段时间他心里很郁闷，四下奔走，急于想找到工作。

　　皇天不负有心人，终于有一天，他在街上一个公厕解手的时候，发现不知哪个贴在墙上的一张报纸，中缝有这样一条招聘启事：宇宙股份有限责任公司招聘销售经理、公关经理各两名，办公室文秘六名，月薪皆在3000—5000元之间，并提供中、晚餐及住宿；年龄、学历、特长等均不限，有缘则用。有意者请到桃花乡"车站酒店"201房间，与王先生面洽。

　　江宇看了怦然心动，当即就直奔长途汽车站，准备乘车去桃花乡应聘。

谁知江宇到车站一打听，才知道这桃花乡是远郊一个极偏僻的小乡，离市区有一百多公里，每天只有上下午各一趟车往返，所以票价很贵，一张就要几十元。可江宇想：人家开出的条件高啊，真要能被应聘上，这算什么？于是车一来，他就跳了上去。

经过长达四个小时的行程，终于到了桃花乡。刚下车，江宇一眼就看到了车站酒店的招牌，他不禁兴奋起来，立刻进店上楼，很快就见到了那位王先生。

王先生朝江宇上下打量着，详细询问他以往的工作经历和目前情况。可谁知完了之后，却对江宇说："对不起，先生，我们公司和你无缘，请回吧！"

江宇一听愣住了，一路颠簸四个小时，这么几分钟就把自己打发了？

他不甘心，赶紧从口袋里掏出二百元钱，塞到王先生手里，说："王先生，不如我先把报名费交了，我们再商量？"

谁知王先生却一脸正气地立刻把钱退回给江宇，说："这不行，我若是收了你的钱再聘用你，未免有受贿之嫌，这在本公司是绝对不允许的。既然不聘你，那就连报名费也不能收，你还是赶快搭下午的车走吧，晚了今天就回不去了。"

看着眼前一身正气的王先生，江宇差一点热泪盈眶，可以想象，这家宇宙股份有限责任公司，一定是一个充满了浩然正气的单位，没能被录用，实在可惜。但是江宇又没有别的办法，只好一脸沮丧地下楼，走出酒店。

经过酒店旁边的水果摊时，卖水果的大嫂同情地看看江宇，劝他道："小伙子，别难过，像你这样坐车来应聘的每天不知有多少，都是来了又走，从没有一个被留下的。"

江宇一听，十分奇怪："没一个合格？他们公司要求就这么高?"顿了顿,他更觉不解,"人家有的单位故意玩招聘游戏,图的是赚报名费,可他们报名费又不收,图啥呀?"

大嫂笑了,附着江宇的耳朵悄悄说:"你肯定不知道吧? 这每天来回一趟的车是王先生他家里承包的,要一招就满,坐这车的人就少啦……"

江宇一听,惊得目瞪口呆:莫非这就是生财有道?

（李 莉）

（题图：黄全昌）

大公牛造反

公路旁有座山，山下有三座房，当中是楼房，两边俩平房。

这三座房里开的都是餐馆。左边那家叫"顺达火锅居"，以卖驴肉火锅为主；右边那家叫"谭记野味斋"，专卖各种野味菜肴；中间的则叫"二愣酒家"，主营牛肉。

二愣酒家烧的牛肉味儿特别香，再加上店里的卫生也搞得不错，还设有雅座，里面有影碟机，可以卡拉 OK，因此生意很红火。相比之下，旁边那两家就显得"门庭冷落车马稀"了。

生意场上讲的就是竞争，旁边两家当然不肯甘拜下风。

忽然有一天，顺达火锅居别出心裁地推出了一档"活驴火锅"，就是在活蹦乱跳的驴子身上割下一块肉来现烧。这一手果然厉害，许多食客都好奇地奔顺达火锅居来了，都想看看他们是怎么从活驴身上割肉的,当然也要尝尝活驴火锅的味道究竟有什么不同。

谭记野味斋也不甘寂寞,紧接着也推出了一道名菜,叫"活烧天鹅掌",就是把白鹅的脚蹼洗干净后,放到烧热了的平底油锅里,用网罩罩住,让它在锅里又叫又跳的,不用多少时候,所谓的活烧天鹅掌便大功告成了。

两家餐馆如此一闹腾,可就把中间二愣酒家的老板胡二愣给逼急了。胡二愣原来是个屠宰工,长得人高马大,浑身是力,可现在光有力气有啥用,红红火火的生意被人家三招两式抢了去,他咽不下这口气,急得像热锅上的蚂蚁团团转。

这天,胡二愣左思右想,终于想出了个办法:我浑身的力气可不是白长的,咱就来做个斗牛士,让那些吃客边看斗牛边用餐。哼,什么活驴火锅,什么活烧天鹅掌,统统他妈的都给我靠边站去吧!

胡二愣说干就干,在做了一番认真准备之后,他的酒家这天在店门口挂出了一个牌子:看斗牛表演,吃肥牛火锅,保证让你既饱眼福又饱口福。酒家还定在8月8日上午8时零8分,进行第一场斗牛表演,地点就在酒家门口。

胡二愣杀牛是老手,可斗牛却是大姑娘坐花轿头一遭。不过胡二愣并不怵,自己有的是力气,怕什么?表演开始前,他特地让伙计先"乒乒乓乓"放了一阵炮仗,又敲锣打鼓地大造声势,然后身披斗篷往场子当中一站,手一挥,叫把牛放出来。

伙计给胡二愣放出来的是一头小莽牛,也许是因为世面见得太少,小莽牛一出场,立刻被眼前的阵势搞懵了,吓得站在那儿又是拉屎又是撒尿,任凭胡二愣怎么挥手里的红布,就是不肯挪步,那憨头缩脑的样子,引来围观的人们一阵哄笑。

这一来,胡二愣觉得挺扫兴,无意中扫了众人一眼,发现旁边两家餐馆的伙计居然也夹在人群里看热闹,他顿觉颜面扫地,气得扔了手里的红布,操起刀子就一个箭步冲过去,对准了小莽牛的心脏就刺了下去。只见小莽牛当即就倒在地上,四条腿一蹬,没了气。

胡二愣没有因为第一次斗牛失败而死心,没过几天,他又张罗起第二次来。这次他选用的是一头好斗的大公牛,光那一对又尖又硬的犄角,就够让人望而生畏的。

果然,这大公牛一上场,就和胡二愣来了个面对面,它横冲直撞,盛气凌人,只几个回合,身高马大的胡二愣已经累得气喘吁吁、浑身冒汗了。胡二愣朝伙计举手示意,想休息会儿再来,哪知大公牛这时候却鼓着血红的眼睛,低着脑袋,那两只犄角就像两把尖刀,直冲胡二愣而来。

情急之下,胡二愣立即仰面倒地,一个"泥鳅打滚"避开了大公牛的锋芒,大公牛因此扑了个空,一头撞在墙上,那一对犄角深深地插进了砖墙。胡二愣见势立刻从地上一跃而起,操起刀子对准大公牛的胸膛就狠狠一刀,将它捅倒在地上。

这真是一场惊心动魄的斗牛表演啊,围观的人们惊得目瞪口呆。可就在胡二愣洋洋得意的时候,谁也想不到,那头倒在血泊中的大公牛突然站了起来,一头向胡二愣发起了反击,它用犄角把胡二愣高高挑起,然后将他摔出一丈多远,胡二愣当场昏死过去。

报了一刀之仇之后,大公牛就冲出场子,直奔右边的谭记野味斋,掀翻正在制作活烧天鹅掌的油锅,引来一场冲天大火;旋即它又奔向左边的顺达火锅居,对准正在亲自操刀活割驴肉的老板一头撞去,两只犄角不偏不倚直直地就插进了老板的眼窝,然后它自己才倒在地上,安然地闭上眼睛。

这一来可就热闹了:胡二愣被送进医院,经医生抢救,命是保住了,但花钱不说,很可能落下残疾;顺达火锅居的老板呢,眼睛算是彻底报了销;谭记野味斋虽未伤及什么人,但一场大火烧掉了老板大半家产。

对于这一切,大伙儿议论纷纷。他们认为,善有善报,恶有恶报,钱迷心窍,早晚报销,这并不怎么惊奇,唯觉奇怪的是那头大公牛,它明明被胡二愣一刀刺死,倒在了血泊之中,怎么又会活转过来闹将一场的呢?

后经兽医解剖,谜底才被揭开。原来大公牛竟有两个心脏,胡二愣刺中的是其中一个,另一个只是受了惊吓,大公牛就是靠它支撑,才最后一搏,为自己、也为大家报了仇、雪了恨。

三家餐馆就此都熄了火,倒是这个"大公牛造反"的故事,四处流传。

（刘巨才）

（题图:杨宏富）

今天我摆摊

　　李子是个家庭主妇，人很精明，别的不说，买东西就从来不吃亏。所以小区里那些大嫂就老喜欢来请教她，还盯着看她买什么，她们也跟着买。

　　这不，在一般人眼里，摆在小区门口的那几个水果摊，摊上的水果似乎并没有什么差别，价格也都差不多，可李子却只到其中一个瘦女人的摊上买，说她那里的水果新鲜，而且因为储存得法，水果上从来没有老鼠爬过的痕迹。

　　你看，同样的东西，李子就观察得这么仔细。于是，小区里不但是那些大嫂，就连休息天被女主人差遣出来打杂的爷们，也按着他那个女管家的吩咐，专到瘦女人摊上去买水果。相邻几个摊位，摊主就算把水果一再降价卖，也卖不过瘦女人。

但是,这样的情况终于有一天发生了变化。

那是春节过后不久,一天,小区居民发现门口突然新出来了一个水果摊,摊主是个说湖北口音的女人,据说是带着孩子出来打工的,批了点水果在这儿设了个摊。湖北女人待客很热情,逢人就笑着招呼:"今天我摆摊!"

或许是因为新面孔,湖北女人摊位上来来去去的人不少。一开始,湖北女人以为生意来了,很兴奋,可时间一长她就不难看出眉目来:这些人也就是看看而已,最后口袋里的钱,都付在了瘦女人的摊上。

湖北女人挺羡慕地瞧着忙进忙出的瘦女人,不由出了神。

瘦女人于是就得意地时不时瞥湖北女人两眼,嘴里嘀咕说:"哼,做不来就别做,趁早走的好,别在这里憋死!"

那湖北女人呢,开头几天还一再起劲地吆喝几嗓子,后来看看生意实在不行,就沮丧得很;再到后来,眼见那些水果都渐渐没了亮色,瘪的瘪,烂的烂,她索性也不吆喝了,甚至有几天连水果车都不推出来了,只是搬个凳子在一边坐着,看着旁边那几个摊主做生意。

瘦女人这下可高兴了,本以为来了个竞争对手,谁想竟这么"不堪一击",心情一好,她话就特多。那天李子在她摊上买了一串香蕉,刚提着走,她就指着李子的背影,得意地对湖北女人说:"知道吗? 这个女人在小区里很有号召力的,她就盯着我摊上的水果买,所以小区里的人都跟她。哈,只要拢住她,我还愁做不到生意?"

瘦女人不知道,她这是得意而"忘了形",把她的生意机密给透露啦!

过了几天,就见湖北女人突然东山再起,精神抖擞地批发了一批新鲜清爽的水果,重新把水果摊摆了出来,而且价格也公道。她像刚开始摆摊时那样,逢人就笑嘻嘻地打招呼说:"今天我摆摊。"

　　这天晚上，直到华灯初上时分，湖北女人还没有收摊，这时候，小区里吃完饭的人已经三三两两地出来散步了，李子也走了出来。

　　李子走过湖北女人摊位时，湖北女人突然叫了她一声："嗨，这位大姐……"湖北女人匆匆忙忙地从摊位上跑出来，把李子拉到一边，低声说，"你白天买了我一个西瓜，还欠我二块钱呢。"

　　李子愣了：我什么时候到你摊上买过东西了？怎么可能欠你钱？况且，就算我再能砍价，可从不赖账。你这么说，不是无中生有吗？

　　李子一把甩开湖北女人的手，生气地说："你把眼睛睁大点，自己看看清楚有没有搞错！"

　　湖北女人的样子看上去着实可怜，她不敢放大声音，只是苦苦哀求："就二块钱嘛，你说好晚上拿来给我的。"

　　李子越听越没名堂，气得根本就不想理这个女人，转身就走。

　　没想第二天中午，李子去小区门口包子店买包子，刚出来，那湖北女人看到她，就立刻飞奔过来。李子一见这阵势，火就上来了："你到底有完没完？"

　　可谁想湖北女人却对她又是点头又是鞠躬，说："大姐，不好意思，昨天我真的是认错人了，你走了一会儿，那个买西瓜的女人就把钱送回来了……我真不该冤枉你，是我不好，让你受委屈了，我一定要补偿你才行。"

　　听湖北女人这么一说，李子心里顿时好受多了，此时再看这女人，就觉得她完全是被生活重担压弯了腰的样子，不由心生恻隐之心，索性就跟着她来到了摊上，开玩笑说："那你准备怎么补偿我呢？"

　　湖北女人立刻从摊上拿了两个又红又大的苹果，往李子手里塞。

李子手一推:"这怎么行……干脆,我就在你这里买点苹果吧。"

湖北女人一听,自然喜出望外,连忙扯开塑料袋给李子装苹果,一边装,一边说:"大姐,你回去尝过这苹果就知道了,我这儿的水果真的不错,希望你大人不计小人过,以后常来光顾我的生意。"至于过秤的时候,那秤杆自然是翘得高高的。

李子提着袋子就要往回走,无意中抬头,突然看见旁边摊上瘦女人那又吃惊又妒忌的样子,她心里就有了那么一丝不快,暗道:"怎么,我还非要在你摊上买水果不成?"

从那以后,李子就开始在湖北女人的摊上买水果了。因为她转移了方向,小区里好多人也都跟着她转了方向,湖北女人摊上的水果生意马上就好起来。没多久,她就进入了良性循环:钱挣得越多,批发的水果种类就越多,质量也越好,生意做活了。

一来二去的,李子和湖北女人成了老相识,李子每次来湖北女人摊上,湖北女人都会对她夸赞不已,说她会买东西,又有涵养,"宰相肚里能撑船"。李子听了心里喜滋滋的,越发觉得自己又精明又有气度。

时间一晃就过去了两个多月,小区对面又开发出了一片新的小区,那里的人也会时不时来这里买水果,可他们没有特别照顾湖北女人的生意,其他几个水果摊的生意也因此比以前明显热闹了许多。

这天晚上,李子出来散步,远远地看见湖北女人正在忙生意,就故意绕道从她身后走过去,不想打扰她。

此时,一个女人正在湖北女人的水果摊上挑橙子,湖北女人一边帮她挑,一边说:"大姐,你真是个好人,我昨天冤枉了你,你一点也不生气。你没走几步,那个买西瓜的人就把欠的二块钱送回来了……真是不好意思啊,我一定要补偿你的。"

"得了吧,"挑橙子的女人笑着说,"我可不想占你的便宜,只要以后买你水果时,你别坑我就行了。"

"那肯定不会,"湖北女人说,"你大人不计小人过,我谢你还来不及呢,怎么会坑你? 就盼着你以后常来光顾我生意呢!"

李子听了个大概,已经知道是怎么回事了,想当初自己碰到的不也如此? 她心里真是又好气又好笑:这个湖北女人可真绝的,怎么会想出用这么个招来拉生意呢?

还别说,从那以后,对面小区的人到湖北女人这里来买水果的越来越多。不出一年,这湖北女人就已经租下了正式店面,干脆做起水果批发来……

（夏　景）

（**题图**:黄全昌）

请你品尝蚊子宴

一日,阿皮逛街走过一家新开张的菜馆门口,一幅墨汁淋漓的海报吸引了他:本菜馆隆重推出特色菜肴"蚊子宴",保证让您大开眼界,大饱口福,吃了一辈子忘不了。

阿皮的心顿时被撩得痒痒的,他从小就是一只"馋猫",凡是没吃过的东西都想尝个鲜,于是便好奇地走了进去。

一个穿绸长衫、戴瓜皮帽的堂倌热情地迎上来,对他说:"欢迎,欢迎!"怪了,这堂倌发出的声音怎么"嗡嗡嗡"地像蚊子叫?阿皮猜想:大概这是餐馆故意在制造蚊子宴的气氛吧?

随着堂倌指引,阿皮走进一个雅座,抬头看到一副对联。上联是:往日它咬你;下联是:今天你吃它;横批:血债血偿。阿皮不由笑出声来:这个餐馆,倒是挺有特点。

入座之后，堂倌给阿皮递上一份菜单："先生，请点菜。"

阿皮一看，更乐了：哟嗬，敢情这蚊子宴还分高、中、低三个档次？要不怎么有"金牌蚊子宴"、"银牌蚊子宴"和"铜牌蚊子宴"不同的排名？再一看，价格也不一样，分一千元、五百元和二百元三档。

阿皮问堂倌："这三档蚊子宴有什么区别？难道蚊子和蚊子还有不同？"

堂倌没有回答，反问了阿皮一句："先生，您知道蚊子最大的特点是什么？"

阿皮眼睛一瞪："当然是叮人喽！"

"对呀，"堂倌一拍巴掌，"人分三六九等，有平民百姓，也有达官贵人，亿万富翁、影帝歌后、明星球星的身价，难道跟普通人是一样的吗？"

阿皮眨眨眼睛："那怎么会一样？当然不一样。"

堂倌笑了："所以，叮过不同人的蚊子，身价也就随之不一样了嘛！叮普通人的蚊子，上桌只需二百元，而叮过名人、贵人的蚊子，上桌起码五百元。"

阿皮一听，来了兴趣："那一千元的蚊子，是叮了谁的呢？"

"那自然就是叮过世界顶级人物的蚊子咯！"堂倌得意洋洋地说，"我们菜馆给顾客提供的蚊子，品种绝不一般，有叮过全球模特大赛冠军的，有叮过本年度诺贝尔奖得主的……这么对您说吧：可以绝对保证，我们菜馆里提供的所有蚊子，绝对是新鲜的、货真价实的。请想一想，蚊子吃了名人的血，而先生您吃了蚊子，那不就等于是让先生尝到了世界名人的滋味了吗？"

阿皮被堂倌这番话说得大为心动。

俗话说：吃什么，补什么。阿皮心想：自己吃了叮过诺贝尔奖得主的蚊子，说不定就能沾上些他们的才气和灵感，这样岂不是妙事？于是，他"啪"地甩下一千元，豪气万丈地对堂倌说："好吧,那我就点一道金牌宴,我要叮过诺贝尔奖得主的蚊子!"

"请稍等,马上就来。"堂倌立刻兴奋地转过身,"嗡嗡嗡"地朝厨房吆喝:"金牌蚊子宴一桌,用叮过诺贝尔奖得主的蚊子!"

里面马上传来"嗡嗡嗡"的回答:"好嘞!"

要说这酒楼的工作效率,还真是不错,只眨眼工夫,阿皮面前的桌上就摆满了一个个晶莹剔透的瓷盆,每个瓷盆上都用一个澄亮的不锈钢盖子罩着,给人一种神秘莫测的感觉。

阿皮馋兴大发,连咽了好几口口水。他正想伸手去揭盖子,堂倌却适时地给他递上一张卡片。

阿皮一愣:"这是什么?"

堂倌说:"这是那位诺贝尔奖得主的亲笔签名,证明这蚊子确实叮过他。现在请先生仔细查验。"

阿皮接过卡片一看,印制非常精美,可上面全是外文,还烫着金字,最后的签名龙飞凤舞。阿皮虽然看不懂这上面到底写的什么,可感觉相当不错,好像自己突然也成了世界名人似的,他觉得今天真是不虚此行。

阿皮小心翼翼地将卡片放进随身带来的皮包里,然后举起筷子,问堂倌:"现在可以吃了吧?"

"请。"堂倌给阿皮做了个手势,然后彬彬有礼地退后了一步,在旁边伺候着。

阿皮迫不及待地揭开一个盖子,"哦?"盆子里空空如也,什么也没有,他觉得很奇怪;揭开第二个盖子,谁知里面还是空的;一连揭了五个盖子,不料盆子里全是空的;只有最后一个盆子里放着一点清水。

"这是怎么回事?"阿皮非常恼火,将筷子一摔,大叫起来,"我花一千元点的菜呢? 你们想玩我?"

站在旁边的堂倌立刻上前一步,"嗡嗡嗡"地对他说:"先生,请别发火,您马上就能看到您点是什么菜了。"

堂倌给阿皮拿来一样东西，阿皮一看，是一个足有盆底那么大的高倍放大镜。"这是干什么？"阿皮迷惘地瞪着堂倌。

堂倌笑着朝阿皮点点头，说："先生，请您用它看一看，就知道了。"

阿皮将信将疑地举起这个放大镜，将它对准了一个盆子。哇！他发现，原来盆子里确实不是空的，有几只蚊子脚。

堂倌给阿皮报菜名："这道菜叫'油煎蚊子腿'。"

再看第二只盆子，在放大镜下面，阿皮看到了蚊子的一对翅膀，阿皮耳边响起堂倌"嗡嗡嗡"的声音："这道菜是'清蒸蚊子翅'。"

就这样，在放大镜下，阿皮看到了放在这些盆子里的一道道菜，它们分别是"红焖蚊子肚"、"生炒蚊子舌"、"醋熘蚊子心"……只是，最后的那一盆清水，阿皮纵然用放大镜仔细搜寻，也没有找到关于蚊子身上的任何蛛丝马迹。

堂倌给阿皮解释说："这是原汁蚊脑汤，那蚊脑已经化在了汤里，所以先生您看不到什么。"

阿皮一听，真是气不打一处来，他盯着堂倌问："你们这整桌蚊子宴，就是用一只蚊子做的？"

"那当然。"堂倌理直气壮地回答，"难道先生以为可以吃到一大堆像豆芽菜那样的叮过诺贝尔奖得主的蚊子吗？如果那样的话，那位诺贝尔奖得主岂不要被蚊子活活咬死？如果我们今天真给您拿出一大堆蚊子，那样的话，那些蚊子就肯定是假冒的了。我们菜馆从来都讲信誉，绝不会做蒙骗顾客的坑人勾当。"

堂倌这一番掷地有声的话，说得阿皮不得不信服。

可是，阿皮还有一个问题："那好吧，可这些菜我怎么吃呢？"

"这些菜，先生您可以舔，可以闻，可以喝呀！"堂倌十分权威地指点阿皮，"先生，看得出您准是个行家，您一定知道，这世界上最高级的美味，其实是应该用心来品尝的。"

阿皮被堂倌说得如同置身云里雾中，可人家既然这么夸他，他怎么放得下面子来？只好装作内行地点头称是："对，对，有理，说得有理。"

阿皮不好意思再向堂倌问什么或者说什么了，面对这桌金牌蚊子宴，他只好认认真真地用心去品尝。好不容易装模作样坚持一阵之后，因为实在忍受不了腹中的饥饿，他悻悻然地就准备撤退了。

可是阿皮刚站起身来，堂倌就喊住了他："先生，且慢！"

阿皮无精打采地问："你们还有名堂？"

堂倌笑眯眯地说："我们菜馆有规矩，凡是来享用过蚊子宴的贵宾，离开之前都能获得一枚纪念章，作为品尝过特色佳肴的荣誉证明。"

说着，堂倌将一枚铜质纪念章别在了阿皮的胸前。阿皮低头一看，纪念章上刻着一只正在展翅飞舞的蚊子，下端还十分醒目地刻着一个编号：109。

阿皮精神为之一振，惊喜地问："这么说，我是第一百零九个来尝过蚊子宴的人？"

"不错，先生说得一点不错。"堂倌恭恭敬敬地朝阿皮哈腰点头。

"哈哈，这么说，在我前面，还有一百零八个像我一样的傻蛋呢！"想到这里，阿皮戴着纪念章，气宇轩昂地走出饭店，心里美滋滋的。

但他不知道，那堂倌瞧着他的背影，正得意地在向菜馆总台报告："我又搞定了一个！"

（江　欣）

（题图：李　加）

手机美容

　　老库克经营的女子美容店，因为生意萧条而濒临倒闭，儿子小库克于是就自告奋勇把老库克的店铺接了过去。

　　重新开张那天，小库克向来店里的女士们承诺，不仅免费为她们美容，而且还付给一笔可观的"岁月赔偿金"。他向她们解释说："你们经过美容之后再从我店里出去，至少要比进来时年轻十岁，也就是说，至少减少了十年的岁月，所以我这笔钱，就是对你们减去岁月的赔偿。"

　　按说美容后能年轻十岁真是巴不得呢，居然还要给钱？所以小库克此举立刻吸引来了众多女士。

　　老库克很为小库克担心，对他说："天底下哪有你这么做生意的？要不了几天，你这个店铺就会撑不下去的。"

可是小库克却胸有成竹："爸爸，放心吧，只要店里有顾客来，我就不愁赚不到钱。"

很快，一年过去了。大大出乎老库克意料的是，小库克的美容店不仅没有关门，生意反而越做越红火，小库克狠狠发了笔财，不仅买了轿车，还买了别墅，活得十分滋润。

老库克大惑不解，问小库克发财的秘诀。

小库克诡秘地朝老库克眨眨眼睛，笑道："要说实话嘛，爸爸，这个美容店一年来可是分文没赚，我还倒贴进去十几万哪！"

老库克愣住了："这怎么可能？那你买车买房的钱从哪儿来？"

"嘿嘿！"小库克忍不住哈哈大笑，"爸爸，此处不赚钱，自有赚钱处。不信你看——"他用手往旁边那家店一指。

老库克顺着他手指的方向看过去，那家店门口的招牌上写着：手机美容店。小库克告诉老库克，那家店也是他开的。

可老库克却一脸茫然，他不知道女子美容和手机美容有什么关系。

小库克给老库克解释说："美容嘛，女人都喜欢，可男人的心思就复杂了。一方面，他们希望自己的太太越年轻越漂亮越好；可另一方面，他们又担心太太年轻漂亮了之后，自己会遭冷遇。男人们心里一矛盾，就会反对太太来做美容。嘻嘻，我现在把他们这个难题给解决了，让男人们都迫不及待地要把太太送到我店里来……"

老库克一听来了兴趣："你想出什么鬼点子来了？快说说。"

小库克凑近老库克，告诉他说，在给女人垫胸丰臀、拉双眼皮、抽脂肪的时候，他神不知、鬼不觉地在她们的眼皮子底下、胸部、臀部或者别的什么地方，安上一个只有芝麻粒大小的电子感应器。

"这又怎么样呢？"老库克不解。

"天哪,爸爸,你怎么还不明白?"小库克说,"我随后就通知她们的丈夫到我的手机美容店来给手机美容,其实就是在他们的手机上安装一个微型接收器,让那些变得漂亮迷人的太太们的一举一动,通过身上芝麻粒大小的电子感应器,准确无误地发送到她们丈夫的手机上,也就是说,丈夫可以二十四小时实时监控他的太太。你说,哪个男人不愿意给他的手机出这笔美容费呢? 当然,那可不是一个小数目,太太们的美容费,实际上都由丈夫给她们埋单啦!"

"上帝啊,你可真是个天才的商人!"老库克惊叫起来,不得不承认儿子比他有生意头脑。

可是突然,老库克像想起了什么,问小库克:"我记得,好像你妈有一回也在你店里做过美容?"

"是啊,"小库克点点头,"难道你没有发现她自从做了美容以后,人也漂亮了,精神也好了,气质出来了,变得更加自信了?"

老库克却不耐烦地朝小库克摆摆手,着急地追问说:"可是你为什么没有通知我来做手机美容?"

小库克笑嘻嘻地说:"你忘了,爸爸,我当时不是送过你一部手机吗? 那就是经过美容的呀! 因为你是我爸爸,我没有收你的钱。"

"天哪!"老库克傻了,呆呆地站在那里,好半天才骂道,"该死的基姆,难怪死缠着要和我换手机,我说他怎么舍得用一部时尚新潮的手机来换我那半新不旧的玩意儿……"

(黄廷洪)

(题图:箭 中)

出 奇 制 胜

生意上要比别家更胜一筹，靠的是那些别出心裁的奇思妙想。

秀才经商

清末民初,运河沿岸有个窦集镇,由于水陆便利,四方商贾云集,这儿的市容颇为繁华。

窦集镇上有位腰缠万贯的马掌柜,人称"生意精"。说来也奇,他本是一个落第的秀才,只因家道中落,迫于生计才掂起算盘珠子,可走南闯北不上十年,生意竟如滚雪球一般越做越大,令人瞠目不已。

经商之余,这个马掌柜常常一头扎进书房,手不释卷,儒雅十足。有人向他讨教生意秘诀,他总是摇头晃脑地吟前人的诗句:"汝果欲学诗,功夫在诗外。"

马掌柜有个独生儿子,叫马金宝,马掌柜平时对他管教挺严,还特地把他送到省城的新式学堂去念书。不料金宝却认为自己早晚要继承家业经商做生意,而做生意无非是贱买贵卖、从中牟利罢了,多念两年书又有何用? 所以到了年底,竟自作主张辍学回了家。

马掌柜见金宝这个样子,想了想,便叫账房先生支出一千块白花花的大洋,让金宝自个儿出门做生意去。没料这正中金宝下怀,他乐呵呵地叩头接钱,第二天就自信满满地走出了家门。

可谁知第二年腊月二十八,金宝却两手空空地回了家,不仅分文没赚,就连马掌柜当初给他的那一千块大洋,也输得只剩下一千个铜子儿了。

金宝诚惶诚恐地等着挨骂,可马掌柜并没有对他动怒,而是像往常一样,让他和家人一起筹备过年,对他生意场上的输赢之事只字不提。金宝以为这是老爹心疼自己,心里的石头落了地。可谁知正月才过了一天,初二一大早,马掌柜就把金宝叫去,又要他出门去做生意,至于本钱,就给了他年前带回的那一千个铜子儿。

金宝以为老爹这是故意给自己出难题,不由惶恐万分。可马掌柜却根本不提旧事,只是告诉金宝说,这次出门虽说本小,但可以试试按他指定的线路,依次到古台城、青龙集、穆家寨、夹河集四个地方去;每到一处,买下当地最便宜的东西,然后带到下一个地方去卖掉;到了夹河集,也就是最后一个地方时,只要买那里吴郎中的一贴狗皮膏药就行了。

金宝听了心里挺纳闷:老爹这是什么意思? 但他又不好意思多问,只好拿过那一千个铜子儿上了路。

按着老爹说的,金宝先来到古台城。由于当时时局动荡,军阀为争夺地盘开战,古台城刚刚经历了一场战火,城里的那些店家原本在年前购进大批爆竹,准备过年时靠它卖了发一笔财,可眼下老百姓纷纷四下逃难,哪还有什么心情放爆竹,店家们积货难销,只好贱卖,于是爆竹的价格一路下滑,便宜得惊人。金宝想起出门前老爹吩咐让他买当地最便宜的东西,于是一千个铜子儿除了留下雇车的钱外,全买了爆竹,随后就奔第二个地方青龙集而去。

青龙集是深山窝里的一个集镇,通往那里的山路格外崎岖,马车夫足足赶了七八天的路,才将金宝和他在古台城买的一车爆竹送到那儿。此时已近元宵,金宝怎么也没有想到,他的这车爆竹在青龙集上一出现,马上就成了那里人的抢手货,价钱连翻了几个跟头。

这一来,金宝真是喜出望外,一打听才知道,青龙集地处山区,老百姓的生活很清苦,过元宵放串爆竹就算是过节了,可偏偏今年商家们因为时局动乱,山路又不好走,没有进货,所以他这车爆竹对青龙集的人来说,无疑是雪中送炭。

金宝在青龙集大大赚了一笔,心里不得不对老爹佩服起来,于是接下来就赶紧打听什么是当地最便宜的东西。一问,青龙集一带沟多谷深,水草丰美,这里喂羊的特别多,羊的价格也特别便宜,他立刻就倾囊购羊,又雇了个放羊娃,将买下的羊群赶出山外,前往老爹给他指引的第三个地方——穆家寨。

去穆家寨的路虽说较为平坦,但赶着羊一块儿走就慢得多了,足足花了一个月的时间,他们才赶到那儿。只见寨子里热闹非凡,牵着羊穿梭往来的人络绎不绝,寨子正中还搭起个台子,周围用栏杆围着,像是在摆擂台比武。金宝很好奇,一打听,原来穆家寨正在举行三年一度的斗羊大赛。

金宝平时就喜欢这个,正赶上了时候,他立即从羊群里挑了几只膘肥体壮的山羊,让它们上擂台参赛。这些羊儿果然为金宝争气,一轮一轮斗下来,最后竟力挫群雄,高居榜首。

穆家寨人都说金宝的运气实在太好了,纷纷向他表示祝贺。原来穆家寨以往的斗羊大赛,最后都是由黄河北岸彪悍善斗的大羯羊一统天下,其余各地的山羊无不望风披靡,如此一来,一到大赛时候,大家就都选大羯羊作种子选手,可今年因春气动得早,黄河凌汛提前到来,那些去黄河北岸购羊的人连人带羊被隔在对岸不能回来,而斗羊大赛还得如期举行,这样"瘸子里面选将军",金宝从青龙集赶来的山羊就因此巧得了美名。

盛名之下,金宝除了得到一笔为数不小的奖励外,所有的羊立刻被穆家寨人抢购一空,以留作新的种羊,那几只高居榜首的参赛羊更是身价倍增。一连两次意外得手,金宝对老爹简直佩服得五体投地。

穆家寨什么东西最便宜呢?金宝又赶紧打听起来,他认认真真地到当地老百姓家里做调查,发现这一带非常适合养牛,牛的价钱很低,于是当机立断买下大批肉牛,雇了两个壮汉,赶着牛群风尘仆仆地去老爹指定的最后一个地方——夹河集。

赶到夹河集的时候,当地正在赶庙会。当初两姓军阀开战,其中刘姓军阀曾到这庙里来敬香许愿,若得菩萨保佑打了胜仗,定要回来给菩萨重塑金身,光大山门。后来刘军阀果真打了胜仗,他喜不自胜,于是就命手下将还愿之事沿路张扬,这天又正式亲率卫队前来还愿,并犒劳部下,唱大戏十天。真是巧极了,金宝的牛群一到夹河集,便被刘军阀的军需长一股脑儿全高价买了下来。

面对到手的一大堆光洋,金宝禁不住惊喜万分,他往褡裢里一点数,嘻,巧了,不多不少,一千大洋整!金宝乐得手舞足蹈,却突然一脚踏空石阶,"哎哟"一声倒在地上,脚脖子顿时肿得老高,疼得龇牙咧嘴地直叫唤。

旁边有人提醒他:"前面有个吴郎中,他的膏药专治跌打扭伤,一敷就好。"

吴郎中?金宝猛地就想起临行前老爹对他说的,在最后一个地方买吴郎中狗皮膏药的话,嘴巴张得比蛤蟆还大:难道老爹真是神仙不成?

待回到家中，金宝追着老爹问秘诀。

老爹领着金宝来到书房，意味深长地指着那堆得高高的一摞摞书籍，没有言语。

金宝瞪着两眼，莫名其妙。

老爹语重心长道："做生意将本求利，固然应该贱买贵卖，但要知道怎样才能贱买贵卖，里面的学问就大哩。要做好生意，必须上识天文，下知地理，对山川沟壑、风俗民情、时局形势等等，都应了如指掌，这样才能准确判断行情，巧妙筹划安排。而这些学识，不通过读书学习，又怎么能真正明白呢？至于你最后扭了脚，知子莫若父，那是你心浮气躁的必然结果。"

一席话，说得金宝如梦初醒。没过几天，他背上行李，告别老爹，自己回省城学堂重新念书去了。

（王永坤　搜集整理）

（题图：魏忠善）

兄弟俩开饭店

　　小吃街有两家小饭店，铺面都不大，也就各放五六张桌子，卖点酒水、简单的小炒和米饭。店主是两兄弟，从当厨子的父亲那里学来手艺，恰逢改革开放好时机，便把自家的住房改成店面，开了业。

　　本来按父亲的意思，是全家人抱团做，可兄弟俩都想当老板，成天吵吵闹闹，父亲一气之下就把铺面分成两个小店，让兄弟俩去各显神通。

　　老大人称"大和尚"，为人豪爽仗义，店里卖的虽是粗茶淡饭，可价钱便宜。每天晚上小吃街人头济济，生意最好的时候，就见大和尚光头刮得锃亮，站在店门口大叫大嚷："孟尝君子店，千里客来投，有缘的进店试试祖传手艺，包你满意，不好不要钱，交个朋友！"

不过，尽管大和尚喊得嗓子冒烟，生意就是没有隔壁老二做得好，所以他经常气得躲在屋里喝闷酒。

老二花名"小诸葛"，做生意爱动脑筋。有日，他在店门口贴出一张告示：本店现经销品牌啤酒，每晚举办畅饮活动，凡能在八秒钟内喝完一瓶者，奖励 8888 元！"这一来，小店日日人进人出，生意好得收钱都来不及。

这天晚上，小诸葛店里正热闹的时候，大和尚喝得醉醺醺地闯了进来，众人不知道他要干什么，都瞪着眼睛望着他。

只见大和尚举起一瓶啤酒，对小诸葛说："你看着表！"随即把瓶颈朝柜台上一磕，瓶盖立刻飞了出去，大和尚举起瓶子，将整瓶酒"哗哗"地就朝地上倒，倒完了，问小诸葛："多长时间？"

小诸葛说："十三秒。"

"好啊，"大和尚讥讽道，"我就这么倒，一瓶啤酒倒完都要十三秒，你凭什么要人家八秒钟'吹完一支喇叭'？你这不明明是在蒙人吗？你做生意点子多，我佩服，可蒙人不行，我得当众拆穿你。"

大和尚说到这里，又转向众人："大家说，他这不明摆着是蒙人吗？"

于是立刻就有人喊起来："对呀，这不是蒙人吗？"

还有人喊："砸了这黑店！"

一时间，店堂里吵吵嚷嚷，一场大乱眼看就要发生。

这时候，"慢！"只听小诸葛一声大喊，神情自若地走到大和尚跟前，说，"如果我在八秒钟之内把一瓶啤酒喝下去了，怎么办？"

大和尚梗着脖子说："你要真能做到，咱两家店合一家，我甘心情愿给你打下手。可你如果喝不完，反过来也一样，以后你得给我打下手。"

"好！君子一言，驷马难追。"小诸葛面带微笑地朗声应道。

只见小诸葛稳稳地转向众人，说："诸位，这年头，成功人士就要做别人看来是不可能做到的事。现在，既然大家不相信八秒钟能喝完一瓶啤酒，那么我就给大家试一试。"

话罢，小诸葛打开放在店堂里的一台冰箱门，从里面拿出一瓶冰啤酒，"啪"倒过来将瓶底朝上，然后招手让店里一个伙计用老虎钳夹来一根烧红的铁丝圈，朝啤酒瓶底一箍，随着红铁丝变黑，"嗞嗞嗞"冒出一圈水汽，那啤酒瓶的瓶底便齐刷刷掉了下来。

小诸葛举起这个大口高脚杯形状脱了底的啤酒瓶，笑吟吟地朝众人示意："祝各位身体健康，万事如意！"又示意大和尚："看好表！"

说时迟、那时快，只见他右腿跪地，挺腰、仰脖，那姿势简直就像舞台上的演员，一瓶啤酒眨眼之间就顺着他的喉咙直直地倒了下去，待众人回过神来，这场精彩绝伦的表演已经结束了。

小诸葛举着空酒瓶，朝大家深深地鞠了一躬，然后走到大和尚面前。

大和尚惊得目瞪口呆："六秒，怎么只用了六秒？"他不得不佩服自己这个兄弟脑子里有一套。

大和尚不愧是个男子汉，说话算话，当天就将自己的店并给了小诸葛。

从此，大和尚和小诸葛的饭店两家合一家，父亲主厨，大和尚管店堂接待，小诸葛做总经理，三个人齐心协力，饭店生意自然越做越好。

（白　马）

（题图：谭海彦）

王小二揭榜

现在各行各业都讲究竞争,搞市场经济。

这不,县城电影院那天也贴出一张大红榜,榜上写道:电影院决定招贤承包,欢迎有意者前来洽谈。但须先考核七天。如七天内票房收入超过目前影院的经营效益,即可取得承包资格;如低于目前影院经营的月平均数,则要赔偿损失。

明眼人一看就知道,这种告示不过是在糊弄上级,虚张声势而已。电影院这么一块"肥肉",原来那些经理有几个肯放手的?果然,几个胆大的主儿前来应招,都被那几个经理想出种种理由挡驾了。

到第四天头上,又来了个胆大的,伸手就揭榜。不过这回经理们见了此人,居然个个心花怒放。为啥?原来此人是电影院里收门票的王小二。提起王小二，谁都知道他有个外号叫"没头苍蝇"，是个有枣没枣先抢一竿子的主儿，他那点斤两，经理们心里有底。

经理中一个姓黄的问他："王小二，你榜文看过了吗？"

王小二头一昂："看你问的，不看榜文，我敢揭榜吗？"

黄经理被他说愣了，随即又问道："那你打算用什么办法来经营这个影院？"

谁知王小二口气更大："这是秘密，我现在无可奉告。"

经理们将信将疑地看着王小二这副胸有成竹的样子，黄经理说："你若是七天到不了我们规定的基数，怎么办？"

王小二一拍胸脯："赔，那就赔你们呗。"

"你有钱？你哪来那么多钱？"

"这你们放心，咱影院对门食品店那个刘老板肯为我担保。"王小二说着，掏出一张保单，递给黄经理。

黄经理一看，上面白纸黑字写得清清楚楚，而且还经过了公证。他心里不禁暗笑：这个刘老板真是昏了头，居然敢给王小二这种人做担保？

看着王小二这么强硬的态度，而且完全是有备而来，经理们也无话可说，他们没有理由拒绝王小二，于是只好点头。可说实话，他们都好奇：这个没头苍蝇，能使出什么招来？

果然，王小二出手确实没什么新鲜，他只会给县城里的各个学校发请柬，请学生来看电影。嘿，这不都是以前影院玩的老套路嘛，经理们对此嗤之以鼻。

可过了几天，经理们却听说了一个惊人的消息：王小二请学生看电影，一律免费，连带队的老师或家长也分文不收。这个王小二是不是疯了？这一来，经理们就弄不清他葫芦里卖的什么药？脑子再笨，到时候赔钱总该不会不把它当回事儿吧？

可学校却不管王小二有没有发疯，反正影院送钱组织学生活动,这么好的事情,何乐而不为? 于是,不但县城里的学生来,连城郊甚至乡下的学生,也跑许多路赶来了,学生们排着队伍,浩浩荡荡地直奔影院,偌大的场子,场场都座无虚席,影院天天都高挂"满客"牌。那几天,电影院简直就成了学生们的乐园。

天天看着这么热闹的场景,几个经理倒开始同情起影院对门食品店里的那个刘老板来:他那家小店,顶多值五六万,被王小二这么折腾,还不赔光了? 到时候,弄不好投河上吊都有可能,要出人命哩。

可谁知七天时间一过,第八天头上,王小二交出的账单,竟让那几个经理看了大跌眼镜:就是在过去了的七天时间里,影院小卖部售出的大雪糕、冰淇淋、可乐、雪碧,还有泡泡糖、奶油豆、甜瓜子……不得了,这些东西加在一起,再扣除放电影的成本,收入竟然是平时影院的四倍。

王小二大获全胜,影院理所当然就该和他签承包合同,几个经理不得不自动下岗,做王小二的伙计。

不过,更让这几个经理目瞪口呆的事情还在后头呢! 几天后,入主影院的并不是王小二,而是食品店的刘老板,王小二又和刘老板签了转承包合同。

搞了半天,刘老板才是真正的幕后策划者啊! 王小二原来是刘老板放出来的"烟雾弹"。据说,为了王小二装傻充愣表现出色,刘老板后来还特地奖励了他八千块钱呢。

(星　竹)

(**题图**:箭　中)

买　　酒

　　星期天一大早,加伟还没起床,朋友阿林就打来了电话:"哥们,我今天忙得要命,你能不能帮我去买点酒?我有个朋友要来,他非要喝那牌子的酒不可。"

　　既然是哥们,哪有不帮忙的? 加伟满口答应:"快说,什么牌子?"阿林说:"'沁园春',听我朋友说,这是一个系列品牌,有六七个品种,你就每样给他买一瓶吧。"

　　加伟觉得奇怪:"他要买那么多酒干什么?"阿林在电话那头笑了:"管他呢,他说到时候他会付钱的,嘻嘻,反正不用我掏腰包。不过哥们,你可别把牌子给我搞错了,记住,沁园春,这事儿你可一定得替我办妥。对了,要不到时候你一块儿过来喝?"

　　"得了,得了,"加伟在电话这头嚷嚷起来,"我帮你去买就是了,别什么喝不喝的。"于是吃过早饭,他就上街去了。

可谁知他来到一家副食品商店,把沁园春牌子一报,老板就朝他摇头:"我从来没听说过这个牌子,你肯定记错了。不过除了这,我这里什么牌子的酒都有,你要不要另外挑一瓶去?"

加伟连连摇头:"我是帮朋友买的,他只要沁园春,还说这个系列的酒有六七种,他每种都要一瓶,我绝对不会记错。"

老板一听加伟这么说,只好朝他两手一摊,惋惜地说:"那你过几天再来看看吧,说不定是最新出的品种,我这里还没到货。"

让加伟不可思议的是,他一连跑了好几家商店,老板一听他说沁园春,都觉得奇怪,都说从来没有听说过有这个牌子的酒。加伟心里不由打起鼓来:莫非真是我听错了? 他拨通了阿林的手机,嚷嚷道:"哥们,我跑了好多家店,老板都说没沁园春这个牌子。是我记错了,还是你开我玩笑? 你可别寻我开心啊!"

阿林一听立刻叫起来:"哥们,我哪能寻你开心呢? 再找找,再找找,咱县城就屁点儿大的地方,怎么会找不到呢? 我正忙着呢,拜托啦!"说完,就把电话挂了。

于是,无可奈何的加伟只好又继续在街上转起来,东西南北几条大街上的商场、超市,他一家家都问遍了,可就是没有沁园春这个牌子的酒。一直找到中午,还是没找到,加伟只好垂头丧气地直接去阿林的批发市场,给他回话。

谁知走到批发市场门口一看,加伟的鼻子都气歪了,只见那里竖着一块牌子,上面写着:沁园春系列酒,本县唯一批发部。

阿林哈哈大笑着从批发部里走出来,朝加伟双手一抱拳,说:"哥们,辛苦辛苦,我请你品尝沁园春!"

直到这时候,加伟才恍然大悟:"原来,一上午我都在免费为你做广告啊!"

(原上草)

(题图:张　恢)

生意兴隆的老乡饼

　　张旺的老乡饼,馅儿新鲜,味儿又香,以前一直卖得不错,还请了好几个师傅帮忙。可近来由于周边开出不少各种各样的点心店,老乡饼的生意就稀稀落落起来,张旺为此整天闷闷不乐。

　　张旺媳妇也着急呀,可她不像张旺每晚端着个杯子饮酒浇愁,而是跑东跑西地整天在街上到处转,说是"去看看外面的世界"。

　　一个星期之后,这天晚上吃过晚饭,媳妇笑着对张旺说:"老公,别发愁啦,赶明儿你先歇着,看我怎么把生意做活。"

　　张旺以为媳妇这是在宽慰他,没想第二天一大早起来,媳妇给他熬完米粥,又烙了两张饼,然后真就自个儿去了店里。

　　第一天收工回来,媳妇到家二话没说,吃完饭倒头就睡。张旺料想是因为生意不好,也不忍心问媳妇个究竟。

可没想第二天收工回来,媳妇就告诉张旺说:"今儿个卖了二百个饼。"

张旺不信:"你别安慰我了。"因为这阵生意最好的时候,店里一天卖出的老乡饼连一百个都不到,怎么可能一下子会卖出这么多了?

可是媳妇却看着他,一本正经地说:"你别不信,明天包管卖出的饼还要多。"

张旺愣住了:你别唬我,算你有本事? 他撇撇嘴说:"就算你明天再多卖二百个饼,哼,也没啥稀奇。我最多的时候,一天能卖出八百多个呢!"

媳妇听了不吱声。

第三天,媳妇没回家吃饭,一直到很晚才踏进家门,一脸喜气地对张旺说:"今天店里订出去一千五百多个饼,几个师傅忙到现在才刚刚歇手呢。怎么样,现在你服气了吧?"

张旺一听,死活不信。

第四天一大早,张旺忍不住好奇心,媳妇前脚走,他后脚也出了门,非要去店里看个究竟。可这一看,竟把他看得个目瞪口呆:店里进进出出的人一拨又一拨,有的是来提货的,有的是来预订的,而那些散买的则叽叽喳喳地挤在柜台前;店里还新添了两个伙计,正跟着师傅们在后面工场间里忙活。整个店堂完全没了前一阵的清冷样,生意非常红火。

张旺瞅了个空,拉住媳妇问:"你行啊,怎么生意突然好起来了?"

媳妇得意地戳着张旺的脑门说:"你呀,死脑筋怎么做生意? 你就在这看着,好戏还在后头哩!"

媳妇话音刚落,只见一个小伙子风风火火地闯进来,一看到媳妇就问:"大姐,我那两盒老乡饼做好了吗?"

媳妇从身后柜子里提出一盒包装精美的老乡饼,问小伙子:"东西带来了吗?"

"带来了,带来了。"小伙子一边忙不迭地回答,一边小心翼翼地从贴身袋里掏出一枚白金钻戒。

媳妇打开饼盒,让小伙子自己把钻戒放到其中一只饼里,用饼模子一扣,看上去就和旁边的饼一模一样。随后,媳妇将饼盒子重新包装好,小伙子付了钱,就兴冲冲地提着走了。

"看见了吗?"媳妇捅捅张旺说,"现在年轻人谈恋爱追求新意,让女朋友吃老乡饼吃出个钻戒来,这样的求婚够新鲜吧?"

张旺嘴上没说,心里却不以为然:这算什么玩意儿?

正在这时,又有一位中年干部走进店来,问媳妇:"老板娘,我们老干部局的饼做好了吗?"

"好了,好了,"媳妇扭头朝工场间喊,"小林子,快把那二百个无糖饼拿出来,人家来拿了!"

媳妇告诉张旺:"上年纪的人不能吃太甜太腻的东西,咱把饼做成无糖的,就对他们胃口了。"

张旺一想:是啊,娘不也常埋怨街上买不到对胃口的无糖或少糖的吃食吗?他不由对媳妇刮目相看起来。

张旺正思忖着,又有一位老师模样的女人走了进来,媳妇看到她就迎了上去:"徐老师呀,您要的五百个儿童老乡饼,我们师傅赶做出来了,您看看这式样,不知道孩子们喜欢不喜欢?"

媳妇说着,就把徐老师领去工场间看。

张旺不觉也跟了过去,一看,眼前不禁一亮:这五百个儿童老乡饼,个头比平常的小一半,但式样已经完全颠覆了过去的老乡饼传统,是十二种造型各异的卡通生肖模样,看上去个个栩栩如生。

媳妇这回啥也没说,可张旺心里却不得不佩服:自己咋就想不到呢?

整整一上午，店堂里进进出出来买饼、订货的人络绎不绝，有的还是拿着广告单一路打听过来的。张旺这才知道，前几天媳妇早已经把生意广告给做出去了。

中午大约十二点钟的时候，师傅们都歇下来准备吃饭了，有位干部模样的人走进店来，给媳妇打了个招呼，说是来拿预订的五百盒老乡饼的，媳妇没吱声，又把他带去了工场间。张旺见他们神神秘秘的样子，不免心中生疑，就悄悄地跟过去看。

只见媳妇从工场间一个矮柜里取出五盒老乡饼，一一打开给那干部看：每盒五个，五盒一共是二十五个，每个老乡饼里都放了一个金元宝。这种金元宝张旺见过，个头不大，金店里有卖，一千多块钱一个呢。媳妇当着那干部的面逐个把老乡饼用模子扣上，把盒子包装好，交给干部，干部随即付钱，然后就将这五盒老乡饼，连同其余五百盒，一起用车运走了。

张旺惊疑地追着媳妇问："这是咋回事儿？"

媳妇被他吓了一跳，缓过神来，笑着解释道："这叫有奖老乡饼！你不知道，来的那干部是小林子的邻居，他公司里的老总为公司员工争来了很大的利益，员工们心存感激，就纷纷送礼给老总，老总盛情难却只好先收下，可想不出用什么法子来还员工们这份情。那天小林子无意中和我说起这事，我就给他出主意，让那老总考虑去买些金元宝，我们把它做在老乡饼里，让他当奖品发。得奖的肯定都是公司有功之臣，这样老总既还了情，这情也还在了关键人物身上。嘻嘻，没想那老总不但采纳了我的建议，还额外再预订我们五百个老乡饼哩！"

张旺一听，简直对媳妇佩服得五体投地，看周围没人注意，他忍不住抱着媳妇美美地亲了一口……

（汤　敏）

（题图：魏忠善）

以义制利

仁中取利真君子，义中求财大丈夫。

野蜂奇蟒

　　明朝年间,黄冈有一个商人,叫张寅汉,凑了百十两银子到四川重庆去做生意。听人说那里蜂蜜多,所以他想抢在年前去赚点钱,回来好过年。

　　这天中午,张寅汉走在山间小路上,忽听得林中有响动,他壮着胆子伏在草丛中向林子里探望,发现远处有个人在一棵树上结绳,看来是要上吊,他不由大喊一声:"且慢!"

　　那人站在石头上,本来就有点摇摇晃晃站不稳,猛听得身后一声大喊,正所谓"空弦落雁",吓得"滋溜"一声从石头上一屁股跌坐到了地上,疼得龇牙咧嘴。

　　他看到张寅汉朝他跑过去,立刻泪眼巴沙地说:"我钱已经被你们抢光,没法活了,只好上吊,难道你们连死也不准么?"

　　经张寅汉一问，原来这人叫林中鹗，江夏人，也是去重庆想做蜂蜜生意的，可刚才劫匪将他的钱全抢了去，还狠揍了他一顿。

　　张寅汉一听，顿生恻隐之心，便对林中鹗说："你不必寻死，不如我们搭伙一起做，多个人多个帮手，赚了钱我俩二一添作五。至于本钱嘛，等你以后生意做发了再还我不迟。你看如何？"

　　林中鹗听张寅汉这一说，翻身就拜："恩人，你真是在下的救命菩萨，你不仅救了我一命，还救了我全家！"

　　就这样，张寅汉和林中鹗结伴同行，走了近一月，终于到了重庆。可谁料上街一打听，这阵子贩蜜的人多，蜜价大涨，他俩才知赚钱的希望落了空，顿时沮丧得很。

　　有热心人给他俩出主意说："你们干吗不自己到山上去采野蜂蜜？省钱不说，野蜂蜜质量好，卖的价还比一般蜂蜜高呢！"

　　张寅汉和林中鹗一合计，觉得这话有道理，好在张寅汉懂得些养蜂采蜜的事，于是两人备齐了长绳弯刀、采蜜的油篓和摇蜜器等家什，就进山去了。

　　按当地老人的指点，他们俩在大山腰的地方，终于看到了一个野人洞。但是这野人洞在高高的绝壁上，壁削如镜，人根本别想爬上去。大概是因为人兽难近吧，野蜜蜂都喜欢在那里筑窠。

　　林中鹗过去开过矿，他想出了个办法，说可以到山顶上去，然后用长绳将人吊下大山腰，像荡秋千那样荡进洞里去。

　　张寅汉一听，自告奋勇地说："那我去吧！我年轻，又懂得割蜜，再说我还习过几年武，手脚灵便，就是在洞里遇上什么情况，也可以对付。"

　　林中鹗一听很感动，拉着张寅汉的手，动情地说："好兄弟，那就辛苦你了。你可要小心啊，如果在洞里有什么不测的话，你只要拉拉绳子，我就会知道，立马把你拉上来。"

　　两人于是就抓紧时间往山顶上走,到了那里,林中鹛解开长绳,往张寅汉腰上一缚,然后贴着绝壁把他往大山腰野人洞的位置一点一点放下去……

　　张寅汉荡进山洞,仔细一瞧,不禁乐开了花:洞壁上到处是深黄色的蜜脾。问题是上面爬满了野蜂,怎么把它们弄下来呢?

　　张寅汉有养蜂的经验,他想了想,在洞口边砍了些树枝,拿进洞里点燃了,只听一阵“毕毕剥剥”声响,洞里顿时青烟蒸腾,那些野蜂怎禁得起如此烟熏火燎,便都夺路而逃。一时间,只见青烟裹着黄云直向洞外卷去,那蜂群飞动之声如雷鸣,似海啸,好不吓人,等青烟消尽之后,那些野蜂果然飞得无影无踪了。

　　这时张寅汉便从腰间拔出弯刀,将大块大块的蜜脾割下来,放在油篓里,然后拉动绳铃,由林中鹛一篓一篓地将油篓拉上去,再用摇蜜器把蜜摇出来。

　　两人辛苦了几天,黄澄澄的蜜一油篓一油篓地着实采了不少。可是这天,忽然再也不见林中鹛将采蜜的油篓放下来了,张寅汉在野人洞口抬头朝山顶上看,使劲儿地晃动长绳,可除了能看见天上的白云,他就是伸长了脖子,喊破了嗓子,山顶上也没有林中鹛的回应。

　　眼看着天色渐渐暗了下来,仍不见山顶上有任何动静,张寅汉只得呆呆地坐在野人洞口,他想破脑壳也猜不出林中鹛到底发生了什么事,是被猛兽吃了,还是不小心滚到山崖下去了。

　　夜深了,火也熄了,张寅汉无心去添柴加火,只是望着天上的星星出神。他丝毫没有睡意,无意中一回头,忽然看到山洞深处有一对“灯笼”正缓缓地向他移过来。他心里一惊:这灯笼发出的不是火红的光,而是一种磷火般的幽绿,这不分明是野兽的眼睛?此刻虽是冬月,但张寅汉却吓得手心里冷汗津津而下,他立刻跳起身,紧贴石壁站着,准备对付那扑过来的野兽。

　　渐渐的,灯笼越来越朝他靠近了,借着洞口的月光,张寅汉惊骇地看出,这灯笼原来是大蟒的眼睛,那条大蟒身子比大桶还粗,脑袋足有小水缸那样大。张寅汉闭上眼睛,心想:完了,自己今天准死定了。可谁知大蟒见了张寅汉,不仅没有要吞下他的意思,反倒就在他身边将身子盘了起来,然后一动不动地像睡熟了过去一般。

过了好久,那蟒蛇依然如故,张寅汉吃不准它这是什么意思,就试探着小心翼翼地移动了一下身子。那大蟒立刻像惊醒过来似的,抬眼看了看张寅汉,随后又顾自闭上了眼睛。张寅汉心里一动:或许蟒蛇在冬天是不进食的,所以才没有吞了自己吧?

时间一长,渐渐地,张寅汉和大蟒相处惯了,不仅不再怕它,反而因为有了它而减少了寂寞。此时,洞外虽是数九寒天,可洞内的植物却长得十分茂盛,到处是野果,加上大蟒有时在洞口翘首一吸,偶尔还会有山羊之类的动物被它吸落下来,张寅汉就把它们放在火上烤了吃。大蟒虽不进食,但似乎很喜欢闻这个味儿,隔三岔五地就会为张寅汉吸下个什么来。就这样,张寅汉在野人洞中一天天生存下来。

冬去春来,天气开始渐渐转暖。这天,大蟒忽然用它那颗脑袋去触张寅汉的手,然后向洞口游去,张寅汉以为它又要去抓山羊,便跟了出来。可是出到洞口,大蟒并没有抬头去吸什么,而是稳稳地贴着绝壁,蜿蜒着向山顶游了上去。张寅汉心里猛一震:惊蛰过后,虫蚁们该出动了,这条大蟒也一定是要游出洞去了。莫非它是要带我离开这里?

张寅汉随手抓了几张山羊皮,用葛藤把它们绑在自己身上,好在大蟒很长,还有一节在洞中,他便搂住大蟒的身子,让它带着自己向山顶游去。

可没想出了洞后,大蟒贴着绝壁游,它滑滑的身子就完全是垂直的了,张寅汉只靠两只手根本搂不住它,眼看着就要滑下去,再抓不住它的尾巴,就要粉身碎骨了,就在这万分危急的时候,那大蟒居然将尾巴一卷,拦腰将张寅汉的身子高高举起,几经游动,终于将他带到了山顶。

张寅汉一看,当初和林中鹗一起采蜜的那些工具都还在,想到林中鹗不知到底怎样了,不禁伤心落泪起来。

那大蟒回过头来,触触张寅汉,像是告别,然后就游了开去。看着大蟒远去的身影,张寅汉真是感慨万千。

张寅汉回到重庆,将山羊皮卖了,换回几两银子,好歹回到了老家。家人看到他真是悲喜交集,后来知道了他的神奇经历,都说是菩萨保佑。

张寅汉在家里休息了几天,因为不放心林中鹗,决定去他老家江夏看看。张寅汉心想:纵然林中鹗出了事,自己也有责任将情况告诉他家人。

江夏是长江的一个水陆大码头,就临江一条大街,巧的是张寅汉到江夏之后拦住一个路人问林中鹗,一问就问到了,说是再过去几家就是林记山货行,林老板正在家中。

张寅汉听到林中鹗健在,十分高兴,便顺着这人指点的方向走去,果然看到了老大的一块竖匾:林记山货行。五个大金字闪闪发光!他高兴地一脚跨进去,一眼就看到林中鹗坐在柜台后面,正低着头在扒拉算盘。

张寅汉想给林中鹗一个惊喜,就故意轻手轻脚地走过去。

林中鹗算账正算得入神,猛觉有人靠近前来,诧异地抬起头。这时,日光正从门外射进来,林中鹗逆光看去,只见几次在噩梦中来向他索命的张寅汉,正披着一身金光,天神般活灵活现地朝他走来,顿时吓得惊恐地尖叫起来:"打鬼!鬼来了,打鬼啊!"

不等张寅汉说话,他就一头栽倒在地上,人事不知了。

等伙计们七手八脚地把林中鹗救醒,只见他两眼发直,满口胡话。

其实那倒不是胡话,句句都是真的。张寅汉从他这些话中才知:当初就是为了独吞两人好不容易才采得的野蜂蜜,林中鹗有意将张寅汉撇在绝壁下的野人洞里,自个儿回了江夏。

张寅汉百感交集:没想到自己的一番好心,倒让一个要寻死的人疯了,真不知当时救下他是做了件好事还是坏事?

（万文武）

（**题图**:黄全昌）

三瓶救命水

　　从前,中原一带有个清风村,村里有个农民叫刘根,因为家里穷,他向亲朋好友借了些钱,在大路边搭了个草棚子,开了家面店。他夏天卖捞面,冬天卖汤面,原指望攒点儿钱能养家糊口,谁知事与愿违,来他草棚里吃面的人寥寥无几,生意十分清淡。

　　这一天,有个赶路的老翁到他草棚子下避雨,雨停后,那老翁就急着上了路。刘根抬头望望布满乌云的天空,估计这雨一时半会的还会下,就赶紧追上去,把自己头上戴着的草帽摘下来,送给老翁。

　　老翁感动得不得了,拍拍刘根的肩说:"年轻人,难得有你这片好心。好人有好报,你的生意慢慢会兴旺起来的。"

刘根以为这是老翁说的客气话,所以并没往心上去。

转眼到了夏天,不知是脚下的土地向南移动了,还是孙猴子又把天上的老君炉给蹬翻了,中原的气候燥得要多热有多热,只见大路上挑担的人个个光着上身,用麻辫子勒着额头,不然的话,头上那汗就会像小溪一样流进眼睛里。

一天中午时分,有六个壮汉在刘根的草棚子前歇下了担子,他们解下额上的麻辫,拧掉汗水,随后就走进棚子,嚷嚷着要吃捞面,其中一个短脖汉子还指名非得吃"拔三拔"捞面不可。

原来在中原一带,人们夏天吃捞面,总喜欢用新打的井水把煮熟的面条冰一冰,然后再拌入蒜汁和麻酱,这样吃起来清凉爽口,味道特别好。一般捞面只用井水冰一次,而短脖汉子要的"拔三拔",就是指要用井水把熟面条连冰三次,这样吃起来会感觉更凉快。

可刘根看着这位还在不停抹汗的短脖汉子,不由皱了皱眉头。

出于好心,刘根劝他:"大哥,别只图一时痛快呀,你刚才走得这么热,现在猛地吃太凉的面条,怕是会落病的。"

哪晓得短脖汉子听了刘根的话却将脸一沉:"我说卖面的,你别为了自己省力,不顾别人冷热。你怕我不给钱怎的?"短脖汉子拍拍自己宽大结实的胸脯,"凭我这身子骨,吃冰凌也没事。你放心,真吃出病来,我决不讹你。"

刘根怕遭嫌,不敢再劝,只好给短脖汉子单独做"拔三拔"。但他留了个心眼.每一次冰面时,都灌出一酒瓶子冰过的面条水,放在一边。眼见得这六个汉子吃饱了饭,又担起挑子上路了,刘根担心地望着越走越远的短脖汉子,不住地摇头叹气。

转眼过去了三个月。

这一天,又有五个壮汉挑着担子从刘根的草棚子前经过,刘根仔细一瞧,不就是上回跟短脖汉子一路的那拨人吗?只是少了短脖汉子的影儿。

刘根连忙招呼一声："大哥们，歇一会儿，喝碗茶再走。"

五个汉子闻言便放下担子，走进棚来。

刘根边上茶边问："上次吃'拔三拔'的那位大哥呢？"

五个汉子相互望了一眼，一个络腮胡子搭上了话："还问呢，他回去后就病倒了，眼下都已经瘦得变了形。"

刘根"哦"了一声，叹道："果然是这样！"

他连忙回转身，变戏法似的拿出三个装满水的酒瓶子，放在汉子们面前，说："烦劳大哥们把这三瓶水带给他。这个红瓶子的水第一天煮沸了喝，绿瓶子的水第二天煮沸了喝，白瓶子的水第三天还是煮沸了喝。这三瓶水喝下去，说不定能治他的病。"

五个汉子傻愣愣地望着刘根，不知道他这是玩的什么把戏。

刘根解释说："我父亲年轻时也是一根扁担走天下，有一回也是在三伏天，他挑担路上非吃'拔三拔'不可，可吃过后回家就卧床不起，白白丢了性命。后来，有一位老先生路过俺村，留宿在俺家，听我讲了父亲病死的经过，他叹口气说：'负重赶路，体温增高，不可贪吃过冷之物。我有一偏方传授给你，算作借宿的报答。以后再遇此事，你可将每次的冰面之水留下一些，按序煮沸喝下，一日一次，三日后即愈。'你们上回来的那天，那位大哥不听我劝，非要吃'拔三拔'，我恐有不测，于是暗中就特地留了这三瓶冰面水，或许你们带回去还真能派上用场呢。"

五个汉子听罢刘根的话，有些将信将疑，商议了一阵，觉得不妨带回去试试，于是就把这三瓶冰面水带走了。

果然，不久之后，那五个汉子真就拥着短脖汉子，带着礼物来答谢刘根，说短脖汉子喝过那三瓶水后，病立刻就好了，刘根的救命大恩，他们一辈子不忘。

于是，这事儿一传十、十传百，很快就传开了，特别是在挑夫行里，简直都传神了。那些挑担的路过草棚子，就非要停下来认识一下刘根,顺便吃碗面再走。就是一般过路人,也乐意到刘根的草棚子里来歇歇脚,喝碗茶再走。刘根的生意果真兴旺起来,一家人从此再不愁吃穿了。

后来有一天,当年曾经在刘根草棚子下避雨的老翁又路过这里,见草棚子里热热闹闹的情景,笑呵呵地对刘根说:"怎么样,年轻人,我说得不错吧? 有你这份热心肠,做生意怎么会不兴旺呢?"

(荣　庆　搜集整理)

(**题图**:俞耀庭)

摘 匾

禾州有家百年老店，叫"吕一品"羊肉面馆，在城里是头块牌子，面馆用来下锅的羊，只只是农家羊栏里挑来的"花仔"不说，就连佐料也是南宋宫廷御膳的秘传。所以每到秋冬时节，面馆里天天顾客盈门，生意十分火爆。

只可惜，吕家人丁不旺，末代孙子吕炳祥因为无后，年过花甲之后，百年老店只得由他徒弟江顺兴顶了掌柜。

一晃二十多年过去，江顺兴年纪也已六十有零。江顺兴本是北方人，家小都在老家，此时就不免有了叶落归根的念头，他和师傅商量，打算把店面租出去，收些银子回来，让师傅以后生活好有个靠头。吕炳祥想想自己无后，徒弟也要终老，于是就点了头。

　　风声传出，立马就有许多人找上门来，江顺兴挑来挑去，最后挑定了邻镇"喜贵酒馆"的掌柜刘喜贵。为何？就因为刘喜贵也能烧得一手好羊肉。

　　江顺兴和刘喜贵说定，店面租金每年大洋一百二十元，刘喜贵一口答应。刘喜贵提出想仍用吕一品的招牌，江顺兴不敢妄自作主，就去找师傅吕炳祥商量。

　　吕炳祥头点得很爽快，对江顺兴说："你去跟刘掌柜说，招牌可以借给他，一年付五百大洋来。"

　　江顺兴一听师傅说要收人家大洋，不觉有点为难："师傅，这恐怕……"

　　吕炳祥的脸色不好看了："你别忘了，咱吕一品这三个字铁划银勾，是当年状元公吕樵所书。哼，我这还是高兴了才答应借他的呢！"

　　江顺兴一看师傅脸有愠色，不敢多嘴，便要抬腿走人去给刘喜贵传话。没想师傅又把他叫住了，关照说："记住，合同分开写，先把店面租了，借招牌的合同慢一步，以后再订，五百大洋也不急着收，等订了合同再说。"

　　江顺兴一听，心里挺埋怨：真是树老枝多，人老心多。师傅本来日子就过得有点紧巴巴，放着现大洋不赶紧拿，还七枝八蔓生什么岔子？

　　好在刘喜贵倒也爽快，并没多说什么，交了定金，盘过店面，将店堂重新装修一番之后，就择定要在"立冬"这天开张。因为按禾州一带乡俗，都说"立冬进补补一冬"，"千补万补，药补不如食补"，凡口袋里还摸得出几个铜板的，这一天都要上面馆去吃一碗羊肉面，一方面杀馋，一方面也有进补的意思。刘喜贵图个开张头喜，挑这一天是有用心的。

　　转眼立冬日就到了，这天虽然寒风料峭，但天刚蒙蒙亮，一班食客已经猴急地挤在吕一品门口，都想赶上吃头汤羊肉面。

刘喜贵带着几个伙计,兴奋地在店门口"乒乒乓乓"放高升,然后在热热闹闹的爆竹声中拔开了店门板。

顿时,排队的食客们蜂拥进了店堂。

刘喜贵正要紧跟着踏进店堂,向大家抱拳打拱致谢,可就在此时,却见几个长衫客竟板着脸从店堂里出来,他心里不由一愣。

只见跑堂的孙禄生急颠颠赶过来,满脸赔笑地要拦住那几个长衫客,可长衫客们鼻孔里气也不转,自顾走出店堂,扬长而去。刘喜贵不知因何得罪了他们,正要问孙禄生,孙禄生却没吱声,只是朝刘喜贵使了个眼风,又朝头台桌子努努嘴。

刘喜贵循眼望去,只见头台桌上,偌大的台面却只坐了一个脏老头,衣衫褴褛,一脸拉碴胡子,身旁还倚着一根带钩子的竹竿,脚边放着一只装了蛇的旧竹篓。

一个捕蛇的乞丐竟坐了头台,怪不得那班长衫客愤而要走。

说起当年的面馆,怎么坐位是有讲究的,头台桌都是留给有身份的头脸主客坐的,一般吃客绝对不会不识趣地去占那里的位子,凡进店客人都知道这个规矩。所以眼看着开张生意被一个叫花佬给扰了,刘喜贵气得心里的火直往上蹿。

不过刘喜贵毕竟是从临镇来的,这叫花佬是什么路数他一时吃不准,所以只好硬把火气压下去,朝在羊锅那里掌勺的师傅翟淼鑫使使眼色,意思是:开勺。

只听翟淼鑫"出锅喽——"一声悠长的吆喝,捞起羊锅上头五只青花大盘子,操起大剪三下两下拆了骨头……

跑堂孙禄生托着朱漆木盘,在堂上不停地来回应声报出一连串响口:"二台桌两腰窝、腿踵、羊肚重辣三份呃;三台桌……"

孙禄生"三台桌"喊话刚起,翟淼鑫已经手起剪落将二台桌要的腰窝、腿踵和羊肚剪在了碗盏里,又舀一勺原汤护起,撒上青蒜姜末。

　　这时候,面锅金阿兴也已经手脚麻利地捞起了一桌八碗面条,稳稳放进了一个朱漆托盘。

　　"好嘞——"孙禄生嘴里串串应答声如滚珠一般在空中流淌,一手托起朱漆盘疾步轻跑,将面条一碗碗分送到吃客面前。

　　看着三个师傅如此严丝合缝地默契配合,顾客们无不声声叫好。也难怪,刘喜贵租下吕一品店面,就是想在禾州城里打开大市面的,因此无论掌勺、面锅还是跑堂,他请的都是行里的"头牌花旦"。

　　话说跑堂的孙禄生伺候完二台桌,正要转身去三台桌照应,不料一个不轻不重的声音落进了他耳里:"堂倌,怎么忘了我这里的生意?"

　　孙禄生不用回头也知道,这是头台桌上的叫花佬在招呼自己。

　　孙禄生做了多年跑堂,见过的人多了,遇事自然应对圆滑,刚才他并非忘了这个叫花佬,他见叫花佬进门就旁若无人地在头台桌上落座,就寻思着这人恐怕来者不善,因此没敢轻易叫他挪位。只是这叫花佬也太促狭,自说自话坐了头台桌不说,点的还竟是一碗光面——开张第一天,最犯忌的就是个"光"字,吉日开张,一碗光面喊起头,他怎敢哪? 因此心里暗自打算照应过三桌之后,再来应付叫花佬,不料叫花佬却先发过话来了。

　　孙禄生不敢生事,连忙答应一声,张口就朝面锅金阿兴喊:"头台'阳春'见喜满碗啦!"那边金阿兴立刻应声捞面盛碗,翟淼鑫舀一勺原汤浇上,再撒了把青蒜姜末。孙禄生端起正要送上桌去,却听得刘喜贵一声吩咐:"添一只全交羊尾给他。"

　　待孙禄生把这碗面送到叫花佬面前时,叫花佬只是抬眼看看他,没多说什么,然后俯身去解脚旁竹篓上的一只酒葫芦,接着就一口酒、一口面地吃了起来。

　　直吃到日上三竿,那叫花佬才摇摇晃晃站起身,从破衣口袋里掏出一大把碎毛票,往桌上一放,打着饱嗝,喷着酒气,冲孙禄生说:"算账!"

孙禄生皱着眉头正待去收钱,不料一只手按住了他,他回头一看,是掌柜刘喜贵。

刘喜贵吩咐孙禄生说:"你自去招呼别桌。"

随后,刘喜贵把桌上一堆毛票往叫花佬面前一推,笑道:"不敢收这钱。小店门窄,招不得大菩萨,以后还要多谢您老照顾别家生意。"

叫花佬不糊涂,马上就听出了刘喜贵话里的意思,大笑说:"哈哈,掌柜哪,都说开店的不认衣裳只认钱,你怎么就颠倒了呢?告诉你,过去我来吕一品,从来都是坐头台吃白食的,今天破例掏钱给你,就是要告诉你,下回我再不会上这儿来了。"说完,他站起身来,拿了竹竿和竹篓,就走出了店堂。

刘喜贵看着他的背影,心里不禁有点忐忑:"这叫花佬到底是个什么样的人呢?"不过总算太平,虽然刚开张时生了这点事儿,却是有惊无险,后来一连三天,那叫花佬果真就没来过。

眼见得店里的生意一天比一天好,刘喜贵便把这丁点儿的烦恼抛在了脑后。

到了第四天早上,刘喜贵正在店里忙着,忽然发现江顺兴扶着一个颤颤巍巍风吹得倒的老人朝店里走来,忙迎了上去,惊讶地问道:"这位是……"

江顺兴介绍说:"刘掌柜,这是我们吕一品的老掌柜,也是我师傅,吕炳祥,吕老先生。"

刘喜贵不知老掌柜突然一大早来店里干什么,心里上上下下地就有些不定起来,他殷勤地要把老掌柜往店堂里请,老掌柜却朝他摆摆手,说:"免了,免了。三天生意热闹,不便打扰,今天是特地过来说一声的,这块吕一品旧匾,我现在要摘了去。"

刘喜贵一听,惊得目瞪口呆:"这……这……这是为何?不是说好借我用的吗?"

老掌柜说话喘着大气:"刘掌柜,那虽是块旧匾,上面三个字却是当年状元公所书。想当初我祖上摆的只是一个小小的面摊,那状元公当时还是个落难的书生,他每天光顾小摊只要一碗阳春面,还常常欠三赊五的,可我先祖从没一丝厌恶之心。足足两年后,状元公发迹了,特地写了吕一品三个字,又制成匾额,赠与我祖上。这一品两字,非说菜肴,实指我祖上的人品。在下不敢妄议刘掌柜如何,却是听说在下一位救命恩人前天光顾这里,不赊不欠,只为衣裳破烂,就遭了冷遇,还被谢绝以后再次登门。如此之举,和吕一品店风实在大相径庭。因此,尽管刘掌柜肯以五百大洋出手,在下却不敢应承。现在摘匾,请刘掌柜莫怪。"

说完,老掌柜也不理刘喜贵,让江顺兴招呼几个帮手一起摘匾。刘掌柜脸上红一阵、白一阵,却是哑口无言,只好呆愣愣地站在一边。

这时,店里的食客,来往的路人,都拥上来看热闹,旧匾被摘下时,吕一品那三个百年老店泥金大字,在太阳光下个个熠熠闪光。此时此刻,此情此景,老掌柜看在眼里不由老泪纵横,突然就听"通"地一声,他软倒在了地上。

江顺兴一声惊叫:"师傅——"俯身去扶,却见老掌柜双目紧闭,鼻孔里已经没了气息⋯⋯

(徐自谷)

(题图:黄全昌)

法
宝

城里有家服装企业，专门生产"福记西服"，老板姓朱，是上海人。

朱老板的企业规模并不很大，做的西服式样也不新潮，价格又不便宜，但二十多年来，这家企业的销售业绩却始终雄踞榜首，只要提起福记西服，在当地无人不知、无人不晓。

福记西服如此长盛不衰的现象，引起了业界老板们的关注，什么"李记西服"、"王记西服"、"杨记西服"、"春记西服"……一个个新的西服牌子，如雨后春笋般冒了出来，但奇怪的是，它们的生意都没法做过福记西服，先后败下阵来。

老板们当然不甘心就此罢休，大家聚在一起商量，决定要想方设法把福记西服的制作法宝搞到手。

可偷人家法宝的事不是想干就能干成的。起先,他们决心不惜代价想去挖福记西服的员工,认为人挖来了,法宝自然也就到手了,但问题是老板们费了九牛二虎之力,却仍然一无所获。于是又改变策略,派人打进福记西服内部去"刺探情报",可谁知派去的人竟就此一去不复返,别说情报没刺探到,连人都没了去向。

就在老板们一筹莫展的时候,这天,他们突然收到福记西服朱老板发的请柬,请他们赴宴共商企业发展良策。老板们不知朱老板葫芦里卖的什么药,所以后来宴会上大家看似谈笑风生,气氛也算融洽,但就是没人去触及企业发展的话题。

朱老板仿佛猜透了大家的心思,笑着说:"外面在传,说我们福记西服有办企业的法宝。没错,法宝是有一件,而且除了我们自己员工,企业外的人都没见过。不过今天在座的都是同行,我不怕见笑,拿出来让大家看看。"

他说罢,抖出了一件西服上装。看上去,这是件很一般的西服,不仅面料差,式样陈旧,做工也很粗糙。

这算什么法宝呀?大家不由都愣住了。

朱老板说:"你们不要觉得奇怪,我讲的是真话,这件上衣,是我早年在上海时做的。"

朱老板给大家讲了一个故事。

那年,朱老板在上海开了一家做西服的铺子。开张不久的一天,来了位顾客,拿着块粗布料,要求做一件西服上衣。

朱老板说:"这布料太差,做西服不行。"

顾客却不以为然:"哎呀,什么行不行的,我就喜欢这种布料。再说,我又不求便宜,要多少工钱我给,你们不就为了赚工钱吗?管什么料子呀!"

朱老板想想也对,于是就把这活儿接下了。

那顾客不知为啥,一直看着朱老板裁剪、缝制,最后还要求故意把扣子和扣眼缝得不一样齐。

朱老板很吃惊:"若是照你说的这么做,那还像衣服吗?你穿出去岂不让人笑掉大牙?"

可那个顾客却不以为然,说:"这你不用管,我喜欢嘛,你只管赚你的工钱就是了。"

朱老板犹豫了好一阵,想想既然是顾客出的工钱,要怎么做是顾客的自由,管他好看还是难看,我照着做就是了。最后待衣服完工,那顾客如数付钱走了之后,朱老板不解地冲着他的背影直骂"神经病"。

可朱老板万万没有料到,他竟就此给自己埋下了祸根。

时隔三天,朱老板铺子对门开出了一家西服店,店老板就是那个找他做粗布西服的家伙,只要有顾客登门,他就拿出朱老板做的上衣,让顾客摸布料,看扣子,还特地翻出领子里朱老板店铺的商标……这一来,朱老板惨了,生意被对门抢了个精光,无奈之下,他只得将店铺关了。

但朱老板不愿就此趴下,决心远走他乡,另起炉灶,重整旗鼓。临行前,朱老板特地去对门店里,开门见山地对那家伙说:"我要走了,有个请求,能不能让我把那件衣服买回去?"

那家伙笑笑说:"我生意兴隆,多亏你一臂之力,那件衣服已经完成历史使命了,不用买,你就拿回去吧!"

就这样,朱老板带着这件让他伤透心了的衣服,远走高飞来到这里,重新打拼出了现在的福记西服品牌。他反复给全体员工讲这件西服的故事,钱固然要赚,但更重要的是,永远不能单纯地把赚钱放在第一位,要时刻牢记什么才是企业的灵魂。而这件上衣,现在也一直被郑重地挂在福记西服董事会的办公室里。

老板们听完朱老板讲述的故事,一个个都陷入了沉思……

(作者:刘 墉;讲述者:吴文昶)

(题图:箭 中)

有商不奸

　　拴住今年二十九岁,好不容易"拴住"一个小他五岁的漂亮姑娘,拴住怕夜长梦多,刚订婚便拽上人家去城里置办嫁妆。

　　这一来,姑娘就把架子摆开了,无论什么东西都是有贵的不买贱的,看啥好就要啥,拴住只有跟在她后面掏钱的份儿。

　　最后,两人来到百货大楼手表专柜,姑娘指着一块一百五十八元的女式手表,对拴住说:"我就要这块。"可她不知道,拴住的钱包里此刻只剩下二百元了。

　　想想待会儿还要去饭店吃饭,还得买回去的车票,拴住慌得心里"怦怦"直跳。他眼珠一转,指指边上一块八十八元的手表,对姑娘说:"咱……咱能不能买这块,你看,大小、样式都差不多。"

　　姑娘不高兴了:"怎么,你心疼钱?"

拴住吞吞吐吐地说："倒不是心疼钱，可咱那儿平时也不怎么太讲究分秒时间，有块表戴着就行了。"

姑娘脸一沉："你到底买不买？痛快点，说句话。"

拴住吓坏了，赶紧声辩："我没说不买呀，只是……"

柜上的售货员是个胖大嫂，也不管拴住为难的神色，立刻帮着女方说话："这位兄弟可真小气，这么漂亮的姑娘，人家都嫁给你了，你连块表都舍不得给她买？158，'要我发'！你就赶紧掏钱出来买吧，让她戴上这么吉利的手表，日后准能发大财。"

胖大嫂一边说，一边还直朝姑娘眨眼睛。拴住看着胖大嫂这样儿，心里可恨了，可眼下这种时候真要惹翻了姑娘，那还不是鸡飞蛋打呀？没办法，他只得数出一百五十八元，递给胖大嫂。

胖大嫂接过钱，对姑娘说："这块样品表已经让好多顾客试戴过了，我再另外给你拿个没打开过的。"说着，就从柜子底下拿出一个精致的表盒子，打开给姑娘看，"这个怎么样？你看，包装一点都没动过。要觉得好，你就去对面柜台再配根表带，一定要选最漂亮的，不然可就对不住这么好的手表了。"

姑娘一听，可高兴了，朝胖大嫂连声说谢，然后转身就朝对面柜台走去。

此时，拴住心里真是又恨又慌：钱包里就剩四十二元了，就是够买一根表带，那吃饭的钱呢？回家的钱呢？他狠狠瞪了胖大嫂一眼，无可奈何地正要跟着姑娘去对面柜台，谁知胖大嫂却悄悄伸手拉住了他，朝他使了个眼色，然后迅速塞给他七十元。

拴住莫名其妙地问："您这是……"胖大嫂小声说："我给你媳妇拿的是块八十八元的表。祝你们婚后幸福！"

拴住一听，简直大喜过望，立刻从拎包里摸出两包刚买的喜糖，递过去说："谢谢大嫂，请吃我们的喜糖！"

（刘志平）

（**题图**：刘斌昆）

一葱千金

　　"三梅小餐馆"虽然地处小镇黄金地带,可生意却不怎么好,因为只要你跨进这家小餐馆,不是被宰个半死也得被剥去一层皮,餐馆名声很臭,知道底细的谁愿上这里来?

　　这天,老板娘李三梅站在餐馆门口,高门大嗓地拉客揽生意。哎,你别说,还真就有人被她拉进了餐馆,这人是个瘦老头,小眼睛,走路还有点跛。

　　三梅在餐馆门口站半天了,现在总算逮住了一个,心里好不高兴。她把瘦老头拉进店堂,满脸堆笑地拿来菜谱,让他坐下点菜。

　　谁知那瘦老头却把菜谱一推,说:"给我来盘拍黄瓜,一块大豆腐蘸酱油,再打三两白酒。"

　　要在别的餐馆,瘦老头这算点的什么菜,不把老板鼻子气歪了才怪呢!可三梅却不在乎,很快就把瘦老头要的菜和酒给端了上来。

　　瘦老头坐的是靠墙边的一张桌,他的身后有一扇小门,门外是块小菜园,菜园里种的全是大葱,手指头一样粗细,看过去绿油油的,很招人喜爱。瘦老头吃了两口菜,大概是觉得有点清淡寡味,便放下筷子,走出小门,去小菜园里拔了两根大葱回来。

　　瘦老头把大葱放在桌上,拿起其中一根剥去皮后搁在菜盘里。老人的牙口真是好,只听"嘎嘣嘎嘣"一阵响,就见他抿一口酒嚼一段大葱就黄瓜,只一会儿工夫,菜盘子里的大葱就没了影。瘦老头随手就拿起桌上剩下的那根大葱,又咂巴着嘴剥起皮来。

　　可是剥着剥着,瘦老头的手停了下来,他像发现了什么秘密似的,招手叫来了三梅。

　　三梅以为瘦老头要结账付钱,便拿着账单乐颠颠地过来了,说:"老爷子,你初次来,给你一个优惠价,就七十五元吧。"

　　瘦老头以为自己听错了:"什么?你是说七十五元?"

　　"是啊。"三梅朝瘦老头点点头。

　　瘦老头立刻将那根还没来得及剥去皮的大葱朝墙边小凳上一放,说:"一盘拍黄瓜,一块大豆腐,再加上三两白酒,怎么就要七十五元了呢?"

　　三梅的脸拉长了:"我跟你说,这可不是什么普通的拍黄瓜,这叫'清拌翡翠',二十五元一盘;还有,这盘你看清了没有,它哪里是一般的大豆腐蘸酱油?这大豆腐上有几个挂着色的小眼眼,这叫'乌龙串白玉',也是二十五元一盘;还有这白酒,你可别喝瞎了,这可是五十年的陈酿啊,卖你五元钱一两,你能说贵?"

　　瘦老头一听,气得脑瓜筋"嘣嘣"直跳,但他很能忍耐,没有发火,随即就追问道:"按你刚才算的,该是六十五元,你怎么说要我给七十五元呢?"

三梅鼻子一哼,说:"老爷子,还有那两根大葱呢! 那可不是一般的葱啊,那是最新引进的高科技葱种,叫'健脑葱',简称'明葱',倒过来念就是'葱(聪)明'。这种葱里含有人最需要的健脑素,我告诉你吧,你老爷子只要吃上一根这样的明葱,管保三年耳聪目明不糊涂,这么神奇的葱,五元钱一根已经是够优惠的了……"

听三梅这一阵胡诌,你猜猜那瘦老头会咋样? 嗨,他不但气全消了,还"哈哈哈"地朗声大笑起来。

瘦老头对三梅说:"好啊,吃了你这根健脑的明葱,我记性极差的脑瓜还真一下聪明起来了。那好,剩下这根葱我不吃了,我得把它拿回家去,我家里那口子也是个白痴,给她吃,让她也聪明聪明。"说罢,瘦老头掏出七十五元钱放在桌上,拿起刚才放在靠墙边小凳上的那根大葱,走出了餐馆。

望着瘦老头跛脚的背影,看看手里诈来的七十五元钱,三梅乐得合不拢嘴。

不料,没多长时间,工商局的人上门来了,为首的是个姓张的科长。

只见张科长从提兜里取出一根大葱,对三梅说:"老板娘,你这两盘菜要价也太黑了吧? 什么清拌翡翠,还有乌龙串白玉,你在搞什么名堂?"

三梅明白:自己这回是撞到枪口上了,准是刚才那个瘦老头去告的状,现在证据在人家手里,赖也赖不掉,她只得乖乖地交罚款。

谁知,张科长并没有马上走的意思,笑眯眯地开口道:"不过,老板娘,你这根大葱要价五元,可是吃大亏了啊!"

张科长把手里的大葱在三梅眼前晃了晃,三梅只觉一道金光闪过,这一瞬间,三梅看到大葱根部紧紧箍着一枚晶莹剔透的钻戒。"哇!"她惊叫起来。

张科长问三梅:"你丢过戒指吗?"

三梅急着回答:"丢过,丢过,今年春天丢的,这钻戒还是我母亲给我的陪嫁品,上面刻着一个'梅'字,旁边还有三朵小梅花……对了,我想起来了,丢钻戒的那天我去过菜地,一定是把戒指丢那儿了,恰好一根葱从那里长出来,慢慢地就被它箍住了。张科长,我说的全是实话……"

张科长一边听一边笑,末了对三梅说:"老板娘,这可不是一般的大葱,一葱千金啊!我们局长把这枚戒指交给我,现在我就将它物归原主吧!"张科长说着,把钻戒连同那根大葱,一并交给了三梅。

三梅喜出望外地接过大葱,抚摸着那枚失而复得的钻戒,眼泪忍不住"嘀嘀嗒嗒"地下来了。她泣不成声地说:"谢谢张科长,也谢谢你们局长……我错了,我缺德,我不是人,我……我三梅以后要再昧着良心赚黑钱,不得好死。"

三梅把张科长他们送出门,可望着他们远去的背影,她心里还是存着疙瘩:我卖给瘦老头的大葱,怎么会到局长手里去的呢?

这时,路边一个卖冷饮的女人神色诡秘地凑过来,对三梅说:"姐,不瞒你说,你先前拉那个瘦老头进店,我都看到的。你不知道吧?他可是有名的老革命,那只脚就是南下过长江时被打跛的,工商局姓李的局长,那是他儿……"

(张国心)

(题图:黄全昌)

情　义　无　价

虽说商以利为天，但在那一来二去的买卖中生出的情分，却往往无法用利来衡量。

画眉舌头

农历腊月的一天，大雪纷飞，东北某地悦来客栈的酒旗在暮色风雪中飘动。已近掌灯时分，掌柜的结完账，闲暇无事，便整整瓜皮小帽，抖抖黑绸棉袍，端了水烟袋，逗起笼内的画眉鸟来。

店小二干完杂活，正准备关店门，这时候，一个头戴长毛狗皮帽子、身穿翻毛老羊皮袄的彪形大汉，硬闯了进来，冲着店小二就骂："没长眼是不是？你是怕爷付不出钱还是咋的？叫你们老板来！""砰"他重重地一拍桌子，"有好酒好菜没？快给爷端了来。"

店小二赶紧给这大汉搬凳让坐，小心翼翼地说："客官请，要什么您尽管吩咐。"说话间，他满脸带笑地给大汉摆上一坛高粱烧，"咱这店里的酒菜方圆百里无人不晓，'清炖野兔'、'红烧狍肉'……"

掌柜的早把这一切看在眼里,他瞟了大汉一眼,听口音,看相貌,是个山东人,不过看他那副神气活现的样子,掌柜的故意没吱声,仍在逗弄他的画眉鸟。

大汉见掌柜的故意不接他的茬,心里可窝火了,想起一年前路经此地时,他曾经来这客栈吃过一次饭,那时他还是个穷光蛋,掌柜的倒还笑脸相迎呢,可如今他下煤窑、挖山货、打狍子,终于把积攒的钱换成了一锭小元宝,可以回老家好好过个年了,手里有钱,熬成爷了,掌柜的却反而不来好好伺候? 大汉越想越上火,瞥一眼正在逗弄画眉鸟的掌柜,腆着肚子拍拍腰,冷笑一声道:"爷什么都不要,你就给爷来一盘画眉舌头!"

"啊? 画眉……画眉舌头?"店小二惊得张口结舌,不知如何应付。

掌柜的一看店小二愣在了那里,这才走了过来,整整瓜皮小帽,抖抖黑绸棉袍,不愠不火地对大汉说:"客官,请稍等片刻,您要的菜马上就给您端来。"

果然没多久,掌柜的亲自把菜给大汉端来了:"客官,您要的画眉舌头,请慢慢用。"

大汉原本只不过是想故意刁难刁难掌柜的,其实就连他自己也不知道真会有画眉舌头这道菜。可现在睁眼一看:呵,那盘里一根根肉红色的小舌头油光闪亮,香气扑鼻,夹一筷子放嘴里一嚼,香嫩酥软,十分可口,不由乐得眉开眼笑,刚才肚子里的气早不知跑到哪里去了。

这一餐,大汉吃得酒醉饭饱,当夜他就睡在客栈里,睡得特别香。

第二天,大汉到柜台结账,掌柜的拨拉了几下算盘,顺手捏起放在一边的一根竹筷,手指轻轻一捻,竹筷儿立刻就被捻碎成了小刷子。他慢条斯理地把小刷子伸进火盆引火,用它来点燃手里的烟袋,抽了一口,吐出一串烟圈儿,这才抬起头,冷冷地打量了汉子一眼,说:"总共黄金一两。"

大汉顿时傻了眼,冷汗从额头上冒了出来:我就喝了这么点酒,点了这一盘菜,睡了一个晚上,你就要我一两黄金?这不分明是在诈我么?可看着掌柜的手里那把小刷子,他又不敢造次,只好颤抖着手,从腰间摸出那锭辛苦了一年攒下的热乎乎的小元宝,递了过去。

转眼过了一年,又是一个大雪天,大汉挖了山货又要赶回家去,这一路上没别的店,他只好硬着头皮又走进了悦来客栈。不过这次他进门什么话也没说,低着头,点了一碟花生米,一盘炒辣椒,就自斟自饮起来。

吃喝间,掌柜的端着一盘菜走了过来,招呼他说:"客官,您也不是第一次来咱们店,您我好歹也算朋友了吧,喝一盅如何?"他边说边就把菜盘子放到了桌上。

大汉一看,盘里的菜正是自己去年点过的画眉舌头,吓得连连摇头:"不不不,我不吃这个!"

掌柜的说:"这盘是我送的。"

大汉这才缓过气来。

酒过三巡,菜过五味,掌柜的问大汉:"客官,这菜味道如何?"

大汉一个劲地点头:"好吃,好吃。"

掌柜的笑了:"跟您实话说了吧,这哪里是什么画眉舌头,其实是我精心做出来的菠菜根啊!"

"啊?"大汉惊得目瞪口呆。

说话间,掌柜的从怀里掏出一锭小元宝,递给大汉,说:"我料您一准还会来,这东西现在该还给您啦。"

大汉连连摆手,满脸羞愧地说:"掌柜的,俺懂您的意思。下半辈子做人,俺可再也不敢胡乱张狂了,您可真是俺的恩师啊!"

说罢,纳头便拜。

掌柜的硬把小元宝塞进大汉手里,搀起他说:"记住,兄弟啊,做人切不可张狂,咬钢嚼铁的牙齿先掉啊!"

不知怎的,这事儿立马就传开了,而且越传越远,悦来客栈很快就远近闻名。据说后来,就是百十里地开外的人,也一个个寻上门去,就为的见见这个掌柜,尝尝掌柜的用菠菜根做的画眉舌头这道菜。

（董安荣）

（**题图:**箭　中）

澡堂妙招

这好事情呀，真是要么不来，要么就来一双！

小镇上原来一家澡堂也没有，谁要是想洗澡，就得跑到二十里外的县城去，既费时间，又很麻烦，可去年刚入冬，镇上一下子就新开出了两家澡堂。

镇东澡堂的老板，叫郝老大；镇西澡堂的老板，叫王小三。

郝老大的澡堂是他独资开办的，到了这个年纪，东西完全是自己的心里才踏实。而王小三的澡堂采取的是股份制，就是按照投资的比例分配收益，控股的当然是王小三，澡堂管理也完全由王小三说了算。

关于这两个老板的情况，只不过是人们茶余饭后琢磨的事儿，而实实在在的，是感到身上不干净或不舒服了，就带上一块钱去澡堂洗个澡就是了。自打这两家澡堂分别开出后，除了镇上的人，乡下的老百姓也都过来洗澡，所以两家生意都不错。

可没想这阵子，郝老大和王小三两人同时碰上了一件让他们头痛的事。要说这事儿吧，说大其实也不大，就是镇上一些上了年纪的老头在家闲着没事，就经常来澡堂泡澡。按说来消费本是好事儿啊，可他们一泡就是大半天，打澡堂中午开门，他们就有说有笑地结伴而来，一直等所有的人都走了，还磨磨蹭蹭地不愿走。就为了这几个人，澡堂不但不能关门，还要烧着一大池子水伺候着，不断往里面充热气，可这帮老头还嫌水不够热，不停地喊你往池子里加水。

这样，不经意间澡堂每月的利润就大打了折扣，所以，郝老大和王小三看到这帮老头来，心里都有点郁闷。

郝老大想采取点措施，比如像城里人一样，规定澡堂的营业时间，但他心里明白，要是王小三那边澡堂不动，自己一规定，不是硬把生意往人家那儿赶吗？可他观望了几天，王小三就是一点动静也没有，郝老大沉不住气了：你亏得起，我可赔不起呀。

于是第二天傍晚，等那些陆续来洗澡的人都洗完走人了，郝老大就把锅炉给关了，也不再往池子里充热气，只一会儿工夫，更衣室里的暖气片都凉了下来。任凭那些老头怎么喊，澡堂里郝老大雇来的那些伙计都只当没听见，这可是郝老大吩咐了的。

没办法，老头们只得哆哆嗦嗦地从池子里爬上来，擦干身子，穿好衣服。他们出来想找郝老大评理，可哪里还有郝老大的人影？只得悻悻地走了，嘴里嘀嘀咕咕着，一肚子的不满意。

而郝老大呢，装作不知道，好像这事儿都是那几个伙计自说自话干的，第二天他依旧在澡堂门口笑脸迎客。郝老大肚子里打的算盘是：哼，让你们多挨几次冻，多吃几次哑巴亏，看以后还这样泡不泡。果然，没几天，这帮老头就再也不来郝老大的澡堂了，郝老大不由心中窃喜。

可好景不长，郝老大澡堂的生意很快就冷清下来，来洗澡的人越来越少，就连那些住在附近的人，也去王小三澡堂那里洗了。

郝老大心里很纳闷，怀疑会不会是王小三在要什么花招，于是他就专门派一个心腹伙计去王小三的澡堂洗了几回澡，探知动静。可那伙计回来后对郝老大说，并没有发现什么异常情况，一样的水，一样的价格。郝老大不禁奇怪起来：这究竟是为什么呢？

更让郝老大想不通的是：那帮老头被赶走之后，却都去了王小三的澡堂，也三天两头地去，但居然很识趣，看到澡堂里客人都洗得差不多了，也就都穿上衣服走人。

眼看着半个月过去，要再这样下去的话，郝老大的澡堂只好关门了。郝老大这时也顾不上面子不面子了，硬着头皮拉下脸，把王小三请到镇上最好的饭店，向他请教。

菜也吃了，酒也喝了，王小三对郝老大说："其实道理很简单，你不该用冷水赶走你的顾客，这样做只会冷了他们的心，特别是老人，无论多暖他们都不会嫌暖，就是怕被冷落。做生意要讲究方法，水凉了，客人受不了，水太热，他们也受不了。你用冷水赶他们走，我却一再往池子里注热水……"

郝老大没听懂王小三的话，嘀咕说："就算我用冷水赶那帮老头走，可为什么后来连那些没受冷落的客人也不来洗澡了呢？"

王小三笑了："做生意讲究个口碑，老人受了冷落，在街头巷尾没事闲聊的时候，就会说你做生意是如何刻薄，大冬天让人家洗冷水澡。你想，他们这么一说，还有谁再愿意上你的澡堂来呢？"

郝老大一听，明白了，拍着大腿直嚷嚷："唉，我怎么就没有想到这一点呢？做生意重在人心呀！"

(闫东方)

(题图：刘斌昆)

山里有黄金

钱三做生意攒了上百万，想投资办企业，可四处打探，也没找着合适的项目，急得猴跳。

这天，钱三在一家小酒馆里吃饭，见邻桌有一高一矮两个胖子，正聊着投资的事儿，那高个胖子的左脸上有一道一指多长的刀疤，看上去有点儿怕人。

只见这个"刀疤脸"扭头看看四周，凑到矮胖子耳边，压低声音说："老弟，我给你支个发大财的招，金山县银山乡铜山村那儿出铜矿，当地人真是傻蛋，不晓得好多矿石里面都含金子。有个叫熊二虎的，他开的那个矿，地上的废石渣我捡去一化验，呵，含金量高哇！唉，可惜兄弟我本钱不够，要有个百把万的砸进去，早发得走不动路了。"

矮胖子听得两眼探照灯似的发亮,问他:"开矿这事儿挺难弄的吧?"

刀疤脸一拍大腿:"简单!当地人开矿个个在行,又老实本分,你只要找他们中间厉害点的做靠山,给他一点小股份,什么事儿都会帮你摆平,以后你只管躺着点票子就行。不瞒老弟,我正想法子凑钱,去把熊二虎那个矿口盘下来……"

两人越说声音越小,后来索性就听不清楚了。

钱三看着那两人眼睛放光的样子,心里痒痒的,发财靠果断,他决定去铜山村看看。

两天后的傍晚,钱三风尘仆仆赶到了银山乡。一下车,就见路旁停着的一辆三轮车上跳下一个黑脸汉子,凑上来问他:"老板去哪?"

钱三说:"去铜山村,多少钱?"

黑脸汉子一听说去铜山村,朝钱三撇撇嘴,不情愿地说:"那地方路难走得很。"

钱三断定黑脸汉子是想多收点钱,就笑道:"兄弟,我付加倍的钱,你去不去?"

黑脸汉子这才点了头。

到了铜山村,钱三如数将车钱付了,黑脸汉子试探着问他:"你到这儿,是来投亲的?"

钱三当然不会明说他是想来发财的,眼珠一转,说:"我哪来的亲?我是来山里拍风景的。"

黑脸汉子说:"那晚上你住哪?这儿是个穷地方,村里没有旅馆。若是不嫌弃,你就到我家将就吧,我不会多收你钱的。"

钱三望着四周黑沉沉的大山,想想也没有别的办法,只好跟着黑脸汉子去他家。

钱三让黑脸汉子去弄点山里的野味来尝尝,说钱会照算给他,黑脸汉子于是就赶紧让老婆杀鸡宰鹅,还把他的三个弟兄也叫了来,说是给钱三陪客。

钱三起初有点不开心:我出钱,你叫你弟兄们都来吃,哪有这么抠门的?可吃饭的时候彼此一聊,他乐了。原来,这黑脸汉子竟就是小饭馆里刀疤脸说的那个开矿的熊二虎,他的三个弟兄,分别是三虎、四虎和五虎,只缺出门在外的熊大虎。

钱三心想:既然熊二虎这么爱贪便宜,应该不难对付。不过他也提醒自己:人心难测,投资开矿是大事,一定要谨慎。

第二天早上,钱三晃晃手里的照相机,对二虎说要上山去拍风景,其实他是独自打听情况去了。接下来的几天,他一直假装在山上拍照,把这一带的开矿行情给摸得个一清二楚,投资开矿的决心也更大了。至于靠山,他心想不如就找熊家几个弟兄吧。因为他从村民们口中得知,这熊家五"虎"是村里人见人怕的角色。

剩下的问题,就是矿口选在哪儿?这里的村民确实对开矿很有经验,只要根据地表"铜矿草"和风化的矿化带,就能判断地下有没有矿,至于矿藏深浅、品位高低和矿量多少,发财亏本就全凭各人运气了。所以,这里很多地下有矿的地方,开采权都已经被人家拿去了,钱三再想开个新矿口,谈何容易?

钱三于是便暗地里打听熊二虎那个矿口的位置,悄悄在那里抓了一小袋石渣回去,藏在床底下,第二天偷偷送去乡里化验,含金量果然相当高。钱三按捺不住心中的狂喜,回来的路上就一直想着怎么跟熊二虎商量他要投资开采的事。

想着,走着,谁知一不留神,钱三一脚跌进路边的田沟里,把脚给崴了,便只好忍着钻心的疼痛,一跛一跛地去村里的医疗室上药。

这时候,在村医疗室里,一个衣衫破旧的干瘦老头正在跟医生磨嘴皮子。原来老头发高烧,因为先前欠了医疗室不少钱,医生死活不肯给他治疗。钱三看在眼里,觉得老头挺可怜,便从口袋里掏出一百块钱递给医生,医生这才嘟哝着给老头打针配药。钱三于是就耐心地等在一边,等医生给老头忙完了,才上去伸出脚来让医生给看。

上完药,出了门,钱三发现那老头竟没走,就在门外等他。

老头问钱三:"敢问恩人尊姓大名?明儿我去哪还你钱呀?"

钱三摆手说:"不用还,不用还。我钱三从来……"

老头一听愣住了:"你就是村里人说的住在熊二虎家的那个钱三?"

"是呀!"钱三应道。钱三以为老头等他是有什么事情,可老头只是盯着他看了一眼,并不说话,钱三心里急着要去找熊二虎说开矿的事,于是就朝老头摆摆手,算是打个招呼,随后就走了。

晚上,钱三拉着熊二虎坐下来"摊牌",说他想投资开矿。

熊二虎一跳三尺高:"不行,绝对不行,开矿要投进去很多钱,还要担风险,我劝你还是拍你的照片得了……"

熊二虎的老婆头也摇得像拨浪鼓:"使不得,万万使不得!我家这口子去年开的矿口,铜屎没看到一两,反把家里的钱全拿去打了水漂,矿口到现在还瘫在那儿……"

钱三笑了:"那这口矿不如就让我继续开下去?"

熊二虎张了张口,欲言又止。

钱三明白他这意思,赶紧把话挑明:"我知道这口矿你和你弟兄合伙开了二十多米,按照每米三百块开采价格,共六千块,我给你们一万块,怎么样?至于股份,按规矩你占二成,我给你三成,行不?"

熊二虎一听,似乎显得有点吃惊,又似乎很不好意思,推辞了很久,见钱三依然坚持,这才应声。随后,他很内行地关照钱三:"明天你准备准备,去把发电机、空压机、卷扬机等设备买回来,造造声势,咱再订个合同。后天正好是吉日,就正式开工。"

第二天,熊家几个弟兄都被熊二虎叫来给钱三帮忙,所以一切准备工作都进行得挺顺利。到了第三天一大早,熊二虎带着钱三和几个雇来采矿的一起上了山,一行人来到北边熊二虎开采过的那个老矿口,放过炮仗,祭过山神,熊二虎便领头钻进了井口。

猛然间,打头的熊二虎发现有个黑乎乎的身影坐在那儿,一动不动,他吓得朝后一跳,大叫起来:"谁?"

"我,黄跛子。"一个苍老浑浊的声音传过来。

"哎呀,原来是您老人家啊?"熊二虎赶紧赔着笑脸凑上去,"您咋坐这儿? 赶快出去吧! 对了,中午去我家喝杯开工酒……"

"别过来!"不料这个黄跛子"呼啦"一下拉开身上穿着的褂子,朝熊二虎厉声喝道,"再往前一步,我身上这炸药可不是吃素的! 哼,不把事儿说好,你们甭想开工!"说完,黄跛子"啪"按了下打火机,吓得熊二虎连退了几步。

钱三定睛一看,发现眼前这个黄跛子,正是他前天在医疗室里见到的那个老头,他不知这老头为什么今天要坐在这里,于是就走上去说:"老人家,我就是那个住在二虎家的钱三,我们在医疗室里见过……"

"去去去,我管你什么钱三、钱四的!"黄跛子怒气冲冲地朝钱三瞪了一眼,又继续朝熊二虎嚷道:"你这矿一开,石渣子毁了我的茶园,让我一个孤老头子还靠什么活?"

熊二虎一听黄跛子这话就跳了起来,头撞在井顶上"咚"地一响,痛得直咧嘴。他气冲冲地吼着:"去年不是说好了,我用我的茶地跟你换的吗?"

"屁话! 订合同了吗? 拿出来看看呀!"黄跛子嗓门不比熊二虎轻。

钱三一看双方这剑拔弩张的阵势,赶紧调解说:"要不,我们把石渣拉到山下去?"

　　黄跛子脖子一梗："哼，想得美！你们开矿的炸药水流进我的茶园，我那茶叶卖给鬼去？"

　　黄跛子根本就没有一点退却的意思，熊二虎瞪着一对灯笼眼，捏着拳头直喘气。

　　钱三在旁边急得抓头挠腮，问黄跛子："那您……您说怎么办？"

　　黄跛子瞟了熊二虎一眼，说："买断，一次性买断，十万元，少一个子儿免谈。什么时候交钱，什么时候开工。"顿了顿，他又补充了一句，"哪个龟儿子敢硬来，老子跟他同归于尽！"

　　钱三一听，傻了眼。刚才他还幻想自己当初在医疗室帮过黄跛子，怎么说他也得给自己点面子吧？没料这老头竟如此忘恩负义，巴掌大一块茶园，竟要价十万，这不是敲竹杠嘛！可看看黄跛子这样儿，根本不像是闹着玩的，他只好赶紧拉熊二虎退出矿口，去商量对策。

　　一支烟的工夫，钱三青着个脸重新走进矿口，对黄跛子说："就按您老说的办吧。不过，我这次出门没带这么多钱，得坐明儿早上的班车赶回去取，回来后交钱开工，您老可要说话算数！"

　　黄跛子这时候倒是挺爽快，点点头说："行，就这么办，我当然说话算话。"

　　这天晚上，下了整整一夜的雨，幸好第二天一早雨停了，熊二虎特地开三轮把钱三送到乡里的长途汽车站，一直等车开了才走，钱三心里很感激熊二虎的照顾。

　　车到县城车站后，钱三还要转车，就在这时候，他忽然发现，黄跛子浑身落汤鸡似的沾了一脚黄泥，正笑嘻嘻地朝他走来。钱三不由一头雾水：这黄跛子昨天还守在熊二虎的矿口，怎么现在突然出现在了这里？莫非他是插了翅膀飞来的？

　　"哈哈，钱老板，我实话对你说了吧，我是昨晚翻山抄小路特地赶来的，走了足有八十多里路呢！"黄跛子似乎看出了钱三的心思,挺开心地朝他囔囔道,"你一定还在气我这个老头子,怎么可以恩将仇报。可是你知道吗?我今天要不来这儿等你,你恐怕以后倾家荡产了都还蒙在鼓里呢!"

钱三大惊:"这话怎讲?"

黄跛子把钱三拉到一个背人地方,如此这般地将前后事情经过一股脑儿给他抖了个底……

原来,熊二虎在马岭山北边开的这个矿口根本没有矿,他真正要开采的矿口在马岭山南边,但那里山高路险,矿石全凭人力挑运,运费高得怕人,不划算。于是熊二虎弟兄几个就想从马岭山北边打口斜井,直通南边,然后把南边的矿石通过这斜井运到北边,再往山下送。可如此一来,就要投下百万巨资,他们几个哪来那么多钱?弟兄几个一凑,就想蒙人来替他们出这钱,让人家掏空腰包光屁股走了之后,他们的阴谋可就得逞了。

钱三被黄跛子这么一说,吓得脑子里"嗡嗡"直响,可他仍有些将信将疑:"可我化验过北边矿口的矿石,含金量很高啊?"

黄跛子一听,忍不住哈哈大笑:"你捡的那些矿石,都是事先被他们偷偷加进了金粉,故意放在那里的,不验出金来才怪呢!我不明白的倒是你呢,好好拍你的照就是了,咋想到要开矿的呢?"

钱三便老老实实给黄跛子说了那天在酒馆里听来的事儿。

黄跛子皱着眉头问他:"说话的那个,是不是左脸上有条刀疤?"

钱三一惊:"您怎么知道?"

黄跛子一跺脚:"这家伙就是熊大虎,他们家就数他最会出鬼点子。"

钱三顿时惊得张大着嘴巴半天没合拢,这才知道自己其实一开始就钻进了熊家五虎的圈套,难怪那天到银山乡,一下车就遇上了熊二虎,这小子还装出一副爱贪便宜的样子来迷惑自己。

唉,自己真是被发财梦冲昏了头,居然什么都没觉察出来。

钱三不由重重嘘了口气,可他还是有一点不解,问黄跛子:"老人家,既然您对他们的底细这么清楚,那为什么不早告诉我呢?"

黄跛子说:"我也是前几天无意中听熊二虎和他老婆嘀咕说的。再说了,我要是早早给你点破,熊家五虎不敲你几万块钱,肯放你走?他们能让你白吃白住,为你白忙乎?他们几个把你盯得死紧,我得想法子逼你走,还不能让他们怀疑,所以就演了矿口里的那场戏。我料定那家伙今儿早上会送你到车站看着你离开,他不放心嘛,所以只好赶到这里来截你……"

黄跛子说到这儿,从贴胸口袋里摸出一百块钱,塞进呆若木鸡的钱三手里,说:"这是还你的,钱老板,你是个好人,山里人不能害你啊!"

（白　驰）

（**题图:**张　恢）

老葛家的汤面

　　巷子口的老葛下岗后,开了家卖汤面的小店,可生意挺清淡,每天来不了几个客。

　　这天已过了中午时候,店里更是清冷得没了生意,老葛于是就坐在店门口,看着路上来来往往的人流发呆。正在这时,突然店里走进一男一女两个年轻人,坐下后,那男的对老葛说:"老板,来两碗汤面。"

　　老葛正发着呆呢,被小伙子一喊,猛地醒过神来,赶紧去厨房,这才发现用过的那些碗自己都忘了洗出来。怎么办?情急之下,他只好把柜子里两个盛汤的大碗拿出来。

　　可是,用这么大的碗盛这么点面条,看起来实在太寒酸。没办法,老葛只好在碗里多加了些面条,这才吆喝着端了出去。

两人年轻人一看,立刻惊叫起来:"哇! 一碗面竟有这么多?"

女的笑着问老葛:"老板,我们只要一碗行不行? 吃不了,浪费了挺可惜的。"

老葛一想也是,就连忙点头:"不要紧,不要紧……"他一边应着,一边就把另一碗面又端了回去。

可面条放久了要涨开的,还有什么吃头? 老葛干脆就把它端来自己吃起来。

吃着吃着,他突然发现那对年轻人竟坐在那里没动,男的、女的谁也没吃,他这才意识到:一只碗,他们两个人怎么吃呀? 他尴尬地笑起来,连连拍着自己的脑袋,歉意地对这两个年轻人说:"不好意思,不好意思,我这就给你们拿碗去,真是对不起呀!"

女的抬起头,羞涩地朝老葛摆摆手:"不用了,老板,一只碗够了,不用麻烦……这碗可真大呀!"

男的也赶紧说:"是呀,老板,咱们用一只碗就行。"

随后,这对年轻人就头碰头地吃起来,吃完了,手拉手亲亲热热地走出了小店。

看着他们走在大街上的背影,老葛不觉在心里对自己说:"幸亏今天碰上这两个善解人意的年轻人,今后哪怕生意再清冷,自己准备工作可大意不得呀!"

也就是从那天起,老葛把自己的全部心思都放在了操持生意上,时刻提醒自己,检查碗筷及时洗干净了没有,货源备充足了没有。说实话,只要一想起那天的过失,他心里就很感激那两个年轻人。

没想过了一阵,那两个年轻人又来了,这次他们是牵着手走进店里的,还是坐在上次坐过的位子上,不过上次是面对面,这次是并排坐在一起。

两人刚坐下，那男的便喊："老板，来一碗汤面。"

老葛听到他们这声喊，心里不禁一个"咯噔"：他们一定以为我店里的一碗汤面，就是上次那么多的量，如果现在我给他们端去普通的碗，那就还得解释上次是怎么回事，这……

老葛脑子一转：不行，上次的事，我感激他们还来不及呢，当初要是他们不满意，吵吵嚷嚷的，我这小店本来就够清冷的生意还怎么做下去？这么一想，老葛就什么话都没有说，拿出上次那种盛汤的大碗，照旧盛了满满一碗面，给这两个年轻人端了过去。

两个年轻人依旧头碰头地吃，不过这回一边吃，一边还小声地说着话，显得十分亲昵。从那以后，他们时常到老葛的店里来，而老葛也总是拿那种大汤碗给他们盛面。

可后来不知怎么回事，那两个年轻人渐渐地就很少来老葛的店里了，老葛有时候心里还会惦着他们呢。

差不多就在老葛快要把他们忘记了的时候，有一天，那对年轻人又走进老葛的面店来，老葛惊喜地迎上去问："两位好久没来了，请问要点什么？"

男的说："一碗汤面……不，两碗汤面。"

女的看了看男的，眼睛里闪着泪花："我吃不了那么多……"

男的冷冷地说："吃不了就剩着吧。"

女的听了垂下头去，脸色显得十分苍白。

老葛看着他们，不由有些吃惊，他想了想，走进厨房，依旧拿出那只大汤碗，盛了满满一碗面，给这两个年轻人端去，满脸笑容地说："实在对不起，碗又不够用了。"

男的和女的同时抬起头来看了看老葛，谁也没有说话，各自拿起筷子，开始默默地吃这碗面。老葛发现，那女的把头垂得低低的，低得都快要碰到碗口了，就像当初第一次来这里吃面时一样，吃得很慢很慢。

突然,男的抓住女的手,压着喉咙说:"对不起。"

那女的再也忍不住了,伏在桌上放声大哭起来……

不知过了多少时候,这一对年轻人站起身来,手牵着手走出了店堂。男的回转身来,对老葛说了一句:"老板,谢谢你的一碗汤面!"

老葛默默地点头,若有所思……

打第二天起,老葛店里给顾客上面用的碗,全都换成了大号汤碗,汤鲜面多,浓浓的汤水里还有黄瓜条、香菜和西红柿,再撒上些辣椒丝,配上一盘老葛家自制的泡菜。

也不知是怎么回事,老葛汤面店的生意从此就越来越好了,店堂里来的大多是对对情侣,两个人合着吃一碗面……

(陈　军)

(题图:蔡解强)

千层软饼

　　街口有个烧饼摊,做烧饼的是六十多岁的王大妈。王大妈做的烧饼,外焦内软,一层一层很薄很薄,如纸一般,人称"千层焦饼"。

　　王大妈烧饼摊前的牌子上写着:千层焦饼,一元两个。

　　这天傍晚,秋雨淅淅沥沥的。这时,有一个人来到烧饼摊前,问道:"大妈,能不能把你千层焦饼的外面一层,也烤成软的?"

　　千层焦饼好吃就好吃在外面是焦的,这人为什么要里外全是软的? 王大妈抬头看去,见问话的是个中年汉子。

　　那汉子对王大妈说:"我爸牙不好,听说你的千层焦饼很有名,我想买一个让他尝尝,可外面一层焦的话,我怕他咬不动。"

王大妈一听,原来买饼的是个大孝子呀,赶紧笑着说:"行,我立刻就给你做。"

不一会儿,千层软饼就做好了。王大妈一共做了三个,全给了汉子,但只收了他一元钱。

汉子走后,旁人问王大妈:"一元钱两个,你咋多给他一个?"

王大妈说:"我做饼几十年了,这年头,像他那样能想到老人的越来越少了,多的那个,是我送他的。"

这一天,那汉子又来王大妈这儿买烧饼,王大妈立刻认出他来,不待他开口,就一边招呼说:"你这个大孝子,又来给牙不好的老爸买饼来啦?"一边就又特地给他做了三个里外都软的千层软饼,硬是只肯收他一元钱。

汉子离开后,一个正在排队买饼的人告诉王大妈说:"大妈,你上当了,这个买饼的人我认识,他妻子前不久去世了,家里只有他和儿子两个,根本就没有什么牙不好的老爸。"

这么一说,大家明白了,这汉子买饼不是给他爸吃,只是做样子给别人看,得了孝子的好名声,又占了多吃一个饼的便宜。

于是就有人劝王大妈:"明天他再来买饼,你别睬他。"

王大妈想了想,摇头说:"不,我情愿上当,他来一次或许是骗,又来了,就一定有来的理由。"

那些排队的人见王大妈一副劝不听的样子,都直摇头。

王大妈便给大家解释说:"再怎么着,对我来说毕竟也就是一个饼,可他能在买饼时提他爸,这总比那些买东西时从来不想到老人的强。"

可王大妈的这番解释,谁也不赞同。

第二天,那汉子又来买饼,队伍里就有人故意问他:"给谁买呀?"

汉子还是那句话:"给我爸爸买。"

队伍里那些人肚子里都在暗笑,尽管汉子离开时非要给王大妈多留一元钱,可那些人还是纷纷向他投去鄙夷的目光。

又过了几天,是一个阳光明媚的晴朗秋日,只见那汉子又来了,不过这次他是推着轮椅车来的,轮椅车上坐着一个下肢截瘫的老人。

老人对王大妈说:"谢谢你,大嫂子,我住在女婿家多日,能吃到你亲手做的千层软饼,味道真是好极了……"

队伍里那些买烧饼的人一听,都愣住了。

当天晚上,王大妈的邻居看到,王大妈在她烧饼摊的价码牌上,添上了一行新字:千层软饼,一元三个。

(王道庄)

(**题图:**箭　中)

闻起来香

下岗三个月,老王一天也没有消停过,和老婆一起筹资金、跑工商所,终于开出了一家酱鸭店。

刚开始,店里的生意非常不错,每天晚上夫妻俩数钱都数不过来。可这样的好光景并没有维持多久,三个月不到,店里的生意就渐渐清淡下来。夫妻俩心里着急呀,这人的口味怎么就这么难伺候?

为了招徕顾客,老王动足了脑筋,学人家的法子,在酱鸭店门口贴广告海报,拉打折横幅,还专门买来一台摇头风扇,每天开到最强档,对着马路吹,想把酱鸭的香味儿吹得越远越好。可尽管这样也无济于事,每天来店里光顾的顾客越来越少。

老王和老婆愁得成天唉声叹气:把铺子关了吧,好不容易折腾到这个地步,就这么关了心有不甘;可继续做下去吧,每个月除去成本还要支付房租和税费,自己吃什么?

这天下午,铺子里顾客寥寥无几,老婆索性回娘家去了,老王实在闲得空,就坐在店门口和隔壁的店主闲聊。说话间,他突然发现隔着七八步远,有一个小男孩站在那里一直不走,盯着老王店里的酱鸭,口水一直挂在嘴边。

老王不由心生怜悯,问他:"孩子,你哪儿的呀? 怎么不上学?"

小男孩指指马路对面的工地,告诉老王说:"我爸爸妈妈在那里干活,我要等他们赚了钱才能回去上学。我⋯⋯我等他们下班。"

"等他们下班?"老王脑子里一时没反应过来,这小男孩为什么要跑到这里来等他父母下班? 这时他发现,孩子虽然在回答自己问话,可两只眼睛却始终没有离开过酱鸭,方才恍然大悟:一定是强档风扇吹出的酱鸭香味儿,把这个小男孩给引来了。

果然,小男孩对老王说:"叔叔,你这里的鸭子味儿真香,真好闻,可妈妈没钱给我买。妈妈说,只要闻闻香味儿,就跟吃了一样。叔叔,这是真的吗?"

小男孩这般天真的问话,说得老王心里酸酸的。老王想了想,从柜台上拿了半只鸭子,装进食品袋里,递给小男孩,说:"孩子,拿回家去,和你妈妈一起吃。"

小男孩没伸手,咽了咽口水,说:"叔叔,我不敢拿。我要是拿了,妈妈会骂我的。"

老王心疼地一把拉过小男孩的手,把鸭子塞进他怀里,说:"你告诉妈妈,这是叔叔送的,她就一定不会骂你了。"

孩子毕竟是孩子,一听老王这么说,就揣着鸭子蹦蹦跳跳地走了。

一个星期以后,那小男孩又来了,站在店门口兴奋地直朝老王笑:"叔叔,我妈妈可谢谢你了！不过她不让我再来拿你的鸭子,她每天下班回来就把鸭子放在锅里煮煮,让我在家里闻香味儿……"

老王心里一惊:"那鸭子你们还没有吃掉?"

小男孩点点头:"妈妈每天只给我吃一点点。妈妈说,多吃一天,就可以多闻一天的香味儿呢！"

"这……"听小男孩这么一说,老王不禁深深地自责起来,因为那天给孩子的半只鸭子,其实已经不怎么新鲜了。

老王于是赶紧对小男孩说:"那鸭子放的时间太长,不能吃了,你回家后一定叫妈妈扔掉,要不会吃坏肚子的。"他一边关照,一边又从柜台上拿了一只鸭腿给小男孩,让他当场吃掉。

小男孩挺难为情的样子,扭着身子,怎么也不肯接。

老王说:"这是因为叔叔喜欢你,才特意给你吃的。你吃了,叔叔才高兴啊！"

小男孩听老王这么一说,小脸笑成了一朵花,这才接过鸭腿,狼吞虎咽起来。

吃完后,小男孩咂咂嘴,老王问他:"还想吃吗?"

小男孩摇摇头,突然说了一句完全出乎老王意料的话:"叔叔,这鸭子吃着没有闻起来香。"

"怎么……"老王的脸不由一沉,店里的生意本来就不好,现在被小男孩这么一说,他心里更加郁闷。

小男孩一看叔叔突然有点不高兴,吓坏了,不知什么时候就跑没了影。

老王一个人孤零零地站在那里,不过冷静下来后仔细想想:店里的生意不好,会不会真就是因为自己做的鸭子味道不到家?

老婆从娘家回来,老王给老婆说起小男孩的事情,老婆撇着嘴说:"孩子的话你也当真?"

但老王不甘心,真就拿起一只鸭腿细细品尝起来。不过,实在是因为他每天都在吃卖不掉的鸭子,此刻已经吃不出味道好坏来了。

第二天.老王也没了兴致再把风扇对着街上吹,想来想去总觉得要想做好生意,不能光靠风扇来吹味道。他下决心关了几天店门,跑遍城里的酱鸭店,逢上生意旺的店家,还忍痛花钱去买他们的鸭子尝味道,回来以后就赶紧试着配置调料。

老王看准那小男孩不会说假话,就让他做第一个顾客,每试一种新调料出来,就先让小男孩尝……终于,功夫不负有心人,老王重整旗鼓后,酱鸭店生意开始一天比一天好起来,不用风扇吹,门口也渐渐排起了长队。

两个月之后,有一天,一个女人到老王的店里来,要买两只酱鸭,说是带回去给儿子吃。女人说,她儿子就是当初来闻鸭子味儿的那个小男孩,现在已经回乡下上学去了,可一直在家里闹腾着要吃叔叔做的鸭子,说乡下的鸭子没有叔叔做出来的香。

老王听女人这么说,心里挺高兴,特地挑了两只酱鸭,包好,递给女人。

老王对女人说:"这两只鸭子是送你们的,不要钱。你儿子帮了我很大的忙,我真得好好谢谢他呢!"

可女人怎么也不肯,坚持在柜台上留了一百元钱。她对老王说:"我儿子以前已经白吃你很多鸭子了,这一百元也只是个意思,你无论如何一定得收下。"说完,就走了。

望着女人匆匆离去的背影,老王满脑子都是那小男孩的身影,因为他真的从心底里感激那个孩子,正是他促使老王去用心做好生意,让他的酱鸭店不用风扇吹也能真正飘出诱人的香味来。

(李　建)

(**题图**:安玉民)

www.ingramcontent.com/pod-product-compliance
Lightning Source LLC
Chambersburg PA
CBHW060829120626
46557CB00001B/438